ROOD HART, BLAUWE VLINDER

Annika Thor

Rood hart,
blauwe vlinder

Vertaling: Emmy Weehuizen-Deelder

Lemniscaat ⧖ Rotterdam

Wil je meer weten over onze boeken?
Ga naar www.lemniscaat.nl

© Nederlandse vertaling Emmy Weehuizen-Deelder 2005
Omslag: Nynke Mare Talsma
Nederlandse rechten Lemniscaat b.v. Rotterdam 2005
ISBN 90 5637 670 5
Oorspronkelijke titel: *Rött hjärta blå fjäril*
Oorspronkelijke uitgever: BonnierCarlsen Bokförlag AB, Stockholm
© Annika Thor 2002

Druk: Drukkerij C. Haasbeek b.v., Alphen aan den Rijn
Bindwerk: Boekbinderij De Ruiter b.v., Zwolle

*Dit boek is gedrukt op milieuvriendelijk, chloorvrij gebleekt en verouderings-
bestendig papier en geproduceerd in de Benelux waardoor onnodig milieu-
verontreinigend transport is vermeden.*

Hier zit Elfie. Het rekenboek ligt open voor haar, maar ze vergeet te rekenen. Ze draait een pluk haar om haar vingers en kijkt naar buiten over het schoolplein. Eerst ziet ze een kat die misschien wel is weggelopen. Dan ziet ze twee kinderen uit de bovenbouw staan zoenen achter de fietsenstalling. Die denken natuurlijk dat niemand hen ziet. Ze doen er lang over en Elfie blijft kijken totdat Filippa zich opzij draait om te zien waar Elfie naar kijkt. Wanneer Filippa het zoenende stelletje ziet, port ze Elfie in haar zij en giechelt. Niet echt hard, maar wel hard genoeg om een strenge blik van Jessica te krijgen. Elfie zucht en begint weer te rekenen.

Daar zit Anders, helemaal achter in de klas. Anders is één van die rustige jongens die achterin mogen zitten. Hij kauwt op zijn potlood en kijkt naar de klok boven de deur van het klaslokaal. Kwart over twee.

Over een kwartier gaat de school uit. Als hij straks op de buitenschoolse opvang is, zal hij mama opbellen op haar werk om te vragen of hij naar huis mag. Zijn vrouwtjeskonijn, dat Hoppie heet, was vanochtend niet helemaal in orde. Ze was sloom en wilde niet eten. Als ze maar niet ziek is... Anders kantelt zijn stoel achterover tegen de muur, rekt zich uit en gaapt. Nog veertien minuten. Dertien. Twaalf.

Als je aan Elfie zou vragen wat ze van Anders vindt, dan zou ze zeggen dat hij aardig is. Hij is niet een van die jongens die altijd maar schreeuwen, ruzie maken en voordringen bij het eten tussen de middag. Toen ze nog in groep drie zaten speelden Anders en Danne op de BSO vaak met Filippa en haar. Dan bouwden ze hutten in het lokaal met alle kussens. Maar nu ze in groep vijf zitten spelen de jongens en de meisjes bijna niet meer met elkaar. Een paar kinderen uit de klas hebben al verkering – die gaan met elkaar. Elfie vraagt zich af wat je eigenlijk doet als je met elkaar gaat, behalve dan zoenen wanneer niemand het ziet.

Als je aan Anders zou vragen wat hij van Elfie vindt, dan zou hij daar even over moeten nadenken. Hij had waarschijnlijk niet aan haar gedacht, al waren ze vroeger vrienden. Anders denkt niet zoveel aan de meisjes uit zijn klas. Ze zijn er gewoon. Ze praten, ze giechelen en hebben geheimpjes, maar daar heeft hij niets mee te maken. Anders zou een poosje nadenken, en dan zou hij zeggen dat Elfie oké is. Oké, voor een meisje. Niet zo een die zich aanstelt. En ook wel knap, zou Anders erbij zeggen. Daarna zou hij het over iets anders willen hebben. Over konijnen bijvoorbeeld.

Het is een normale, grijze dag in februari. Hier zit Elfie. Daar zit Anders. Geen van die twee weet dat ze straks verliefd op elkaar zullen worden.

'Rode harten,' zegt Filippa. 'Van dat dikke papier. En dan schrijven we daar met goudstift op. Dat is heel mooi.'

'Wat schrijven we dan?' vraagt Elfie.

'*Ik hou van jou*,' antwoordt Filippa. 'En op de achterkant: *Hou jij van mij?*'

'Zoiets kan je toch niet opschrijven?' zegt Elfie.

'Dat kan wél,' antwoordt Filippa. 'Maar alleen op Valentijnsdag. Het is net zoiets als verkering vragen, snap je?'

'Aan wie geven we ze?' vraagt Elfie.

Filippa glimlacht geheimzinnig en zegt dat ze dat nog wel zullen zien. Elfie vraagt niet verder. Als Filippa iets in haar hoofd heeft, gebeurt dat ook meestal.

Filippa weet altijd hoe alles moet.

Elfie niet. Bij haar duurt het een tijdje voordat ze erachter is wat ze wél wil en wat niet. Maar wanneer ze bedacht heeft dat ze niet hetzelfde wil als Filippa, is het meestal al te laat om dat nog te zeggen.

Nu is Filippa al weggestoven en heeft Barbro gevraagd om stevig, rood papier en twee scharen. De goudstift heeft ze van thuis meegenomen. Ze gaan aan de grote tafel zitten en beginnen het hart te tekenen. Het is moeilijk om mooie harten te krijgen. De ene helft is steeds groter dan de andere.

Na een poosje bedenkt Elfie dat je het papier kunt dubbelvouwen en een half hart kunt tekenen.

'Dat knip je uit langs de lijn, je vouwt het open en dan heb je een mooi gelijk hart.'

'Maar dan krijg je zo'n lelijke vouw in het midden,' vindt Filippa.

'Maar als je het hart met de vouw erin weer op het papier legt en dat natrekt...'

Het is een goed idee, dat moet Filippa toegeven. Ze heeft een beetje de pest in dat ze het niet zelf heeft bedacht. Maar ten slotte hebben ze allebei een hart dat eruitziet zoals een hart eruit hoort te zien. Een paar andere meisjes zijn bij hen aan tafel komen zitten en knippen ook een hart.

'Kom,' fluistert Filippa tegen Elfie. 'We gaan naar het lokaal met de kussens. De anderen mogen mijn goudstift niet lenen. Alleen jij.'

Elfie loopt mee naar het lege lokaal. Filippa haalt haar goudstift te voorschijn. *Ik hou van jou*, schrijft ze in haar mooiste handschrift op de ene kant van het hart. En op de andere kant: *Hou jij van mij?* Daarna geeft ze de pen aan Elfie. Elfie doet haar uiterste best. Het valt niet mee, want ze is links en de goudkleurige inkt vlekt snel als je er met je hand overheen gaat. Het is een klein beetje gevlekt, maar toch heel mooi. *Ik hou van jou. Hou jij van mij?*

'Maar aan wie geven we ze?' vraagt Elfie weer.

Juist op dat moment trekt Barbro de deur van het lokaal open en roept dat ze moeten komen opruimen. De hele tafel is bezaaid met snippers papier, zegt ze. Filippa antwoordt dat de andere meisjes die mogen opruimen. Zij zijn nog blijven doorknippen toen Elfie en zij al klaar waren.

'Je kent de regels,' zegt Barbro. 'Wie aan iets begint, ruimt het ook op. Kom op, want we gaan zo wat eten en drinken.'

Filippa moppert een beetje bozig, terwijl ze samen de snippers en het overgebleven papier opruimen. Elfie vraag zich de hele tijd af wie haar hart zal krijgen. Het kriebelt een beetje in haar lijf als ze eraan denkt. Ze gluurt naar Filippa, maar ze weet dat die niets zal zeggen voordat ze weer alleen zijn.

Tijdens het eten kijkt Elfie heimelijk naar de jongens aan tafel. Niet Ruben of Joel, dat weet ze zeker. Dat zijn herrieschoppers. Maar wie dan? Haar blik glijdt over de gezichten die ze al zo vaak heeft gezien. Viktor. Simon. Christoffer. Danne.

De plaats naast Danne is leeg. Daar zit Anders altijd.

Viktor. Simon. Christoffer. Danne. Anders.

Eén van hen krijgt haar hart.

Anders zit op de keukenvloer met Hoppie in zijn armen. Hij drukt zijn neus in de zachte grijze vacht. Het konijnenneusje voelt warm en droog aan tegen zijn wang, niet vochtig zoals anders.

'Niet ziek worden, Hoppie,' mompelt Anders. 'Je mag niet ziek worden en doodgaan. Want ik hou zo veel van je.'

Het konijn wurmt wat heen en weer in Anders' armen tot ze haar plekje gevonden heeft. Dan blijft ze warm en zwaar tegen zijn lichaam aan liggen. Hij aait over haar vacht.

Als eerst papa en daarna mama thuiskomen van hun werk heeft Anders een paar uur op de vloer gezeten. Zijn benen slapen en hij heeft tussendoor niets meer gegeten.

'Het is vast een gewone verkoudheid,' zegt mama. 'Konijnen kunnen ook verkouden worden, dat weet je toch.'

'We wachten nog een dag,' zegt papa. 'Als ze morgen

nog niet beter is, gaan we met haar naar de dieren-kliniek.'

Anders probeert Hoppie een blaadje sla te voeren. Dat vindt ze altijd het lekkerst, maar nu eet ze niets. 'Maak je nou maar geen zorgen,' zegt mama. 'Ze wordt gewoon vanzelf weer beter of ze geven haar iets in de dierenkliniek. Laat haar nu maar slapen en kom aan tafel.'

Met tegenzin zet Anders Hoppie terug in haar hok, dat in de hoek van de keuken staat. En hoewel hij sinds de lunch op school niets meer heeft gegeten en papa spaghetti met gehaktsaus heeft klaargemaakt, heeft Anders geen honger. Hij ziet dat mama en papa elkaar bezorgd aankijken. Dan neemt Anders een gro-te lepel spaghetti en begint die met smaak op te eten.

'Danne en Anders,' zegt Filippa, wanneer ze van de bso naar huis lopen. 'Ik geef de mijne aan Danne en jij die van jou aan Anders. Als we verkering met ze krijgen, komt het goed uit dat ze vrienden zijn. Dat is lekker makkelijk.'

Anders.

Elfie probeert zich hem voor de geest te halen. Hij is niet zo groot, zoiets als zijzelf, gelooft ze. Hij heeft haar dat nogal krult en aardige bruine ogen.

Anders. Waarom niet?

'Goed,' zegt ze. 'Maar hoe doen we dat dan? Gaan we gewoon naar ze toe en geven we ze de harten?'

'Nee, natuurlijk niet,' zegt Filippa geïrriteerd. 'We stoppen de harten in hun tas, als ze niet kijken.'

'Dan moeten we onze naam erop schrijven,' zegt Elfie. 'Anders weten ze toch niet van wie ze zijn?'

Filippa zucht.

'Je snapt het niet,' zegt ze. 'Daar moeten ze zelf achter komen.'

'Hoe dan?'

'We zorgen ervoor dat we in de buurt zijn als ze de harten vinden,' zegt Filippa. 'En dan kijken we hen zo nu en dan een beetje glimlachend aan. Dat heet flirten. Dan begrijpen zíj wel dat die harten van ons zijn. En als ze dan verkering willen, zeggen ze wel iets.'

Het klinkt ingewikkeld, vindt Elfie. Maar Filippa weet zeker dat het zo hoort te gebeuren.

Dus dan moet het maar, denkt Elfie.

Anders staart naar het rode stukje papier dat tegelijk met het schrift uit zijn rugzak te voorschijn komt. Een hart. Er staat iets op het hart, in gouden letters. *Ik hou van jou.* Geen naam eronder. Hij draait het papier vlug om. Op de achterkant staat: *Hou jij van mij?* Ook geen naam.

Anders verbergt het hart onder zijn boek en kijkt schuin naar Danne, die naast hem zit. Hij zal toch niets gemerkt hebben? Want dat zou pijnlijk zijn, vindt Anders. Maar Dannes aandacht gaat uit naar iets wat hij onder de tafel in zijn handen heeft. Voorzichtig leunt Anders een beetje opzij om te zien wat Danne vasthoudt. Een rood hart, precies zo een als dat van hem. Danne draait het hart om en om en kijkt nadenkend.

Anders voelt dat er iemand naar hem kijkt. Hij laat zijn blik rondgaan en kijkt Filippa recht in de ogen. Filippa? Komt het hart van haar?

Maar Filippa wendt haar blik af, giechelt wat en stoot Elfie aan.

Elfies gezicht is vuurrood. Filippa fluistert haar iets toe. Elfie slaat haar handen voor haar gezicht alsof ze zich erachter wil verbergen.

Elfie. Zíj is het.

Anders voelt dat hij zelf rode wangen krijgt.

Elfie.

Ze ontploft bijna. Toen ze zag dat Anders het hart vond, had ze er al onmiddellijk spijt van. Waarom doet ze ook altijd wat Filippa zegt? Als Filippa nou eens op zou houden met de hele tijd naar Danne en Anders te kijken. Anders zal nu wel begrijpen dat het hart van haar is. Hij vertelt het natuurlijk aan alle andere jongens en die zullen haar uitlachen. De meisjes ook, in ieder geval Jossan en Nathalie.

Haar wangen gloeien. Ze schudt haar hoofd, waardoor haar haren als twee gordijntjes langs haar gezicht komen te hangen. Verscholen achter die gordijntjes kijkt ze stiekem Anders' kant op. Hij is in de weer met vellen papier. Het hart ziet ze niet. Mooi zo.

Misschien vond hij het niet iets om zich druk over te maken.

'Op Valentijnsdag,' zegt Jessica, 'moet je lief zijn voor elkaar en laten zien dat je om elkaar geeft. Maar dat geldt natuurlijk ook voor alle andere dagen van het jaar.'

Jessica tekent een groot rood hart op het bord.

'Ik geef in ieder geval heel veel om jullie,' zegt ze. 'Om jullie allemaal. Onthoud dat goed, ook wanneer ik boos ben op jullie.'

Jessica lacht en knijpt haar ogen een beetje dicht. Dat doet ze altijd wanneer ze geen bril draagt. Ze is aardig, vindt Elfie.

Filippa lacht ook en kijkt vanuit haar ooghoeken naar Danne. Dat is vast wat ze flirten noemen. Elfie werpt een vlugge blik in de richting van het tafeltje waar Danne en Anders zitten. Ze ziet dat Danne terugflirt.

Het gaat vast aan tussen Danne en Filippa, denkt Elfie. Maar niet tussen Anders en mij. Nooit van mijn leven.

Houden van, denkt Anders. Wat betekent dat? 'Ik hou van jou.' De enige die dat ooit tegen hem heeft gezegd, is mama. En misschien zijn Indische moeder heel lang geleden, in een andere taal die Anders niet meer verstaat. 'Ik hou van jou.' Zelf heeft hij die woorden gisteravond nog in Hoppies lange oor gefluisterd. 'Ik hou van je, Hoppie. Je mag niet ziek worden en doodgaan.'

Anders is zo ongerust dat hij er pijn in zijn buik van heeft. Maar op de een of andere manier is hij ook blij. Blij en een beetje gespannen, zoals op de dag voor zijn verjaardag. Hij voelt dat er iets gaat gebeuren. Maar hij weet niet wat.

Elfie wil niet naar buiten in de pauze. Het liefst zou ze verdwijnen, onzichtbaar worden, in rook opgaan. Ze zou de tijd als een videoband willen terugspoelen naar gisteren. Als het vandaag gisteren was, zou ze niet zo'n achterlijk hart knippen. En het al helemaal niet in Anders' rugzak stoppen. Ze zou zich niets aantrekken van wat Filippa zei.

'Kom nou,' zegt Filippa en trekt aan Elfies arm. 'Kom mee, dan gaan we naar buiten.'

Elfie verroert zich niet.

'Schiet op!' zeurt Filippa. 'Want ze gaan het nu zeggen. Of ze het willen of niet.'

'Laat me met rust,' zegt Elfie. 'Ik wil niet naar buiten.'

Ze zegt het nogal hard. Jessica hoort het en komt op hen aflopen.

'Wat is er, Elfie?' vraagt ze. 'Voel je je niet lekker? Ik vond daarnet dat je er koortsachtig uitzag. Laat mij je voorhoofd eens voelen.'

Jessica legt haar koele hand op Elfies voorhoofd. Het voelt fijn aan. Filippa staat naast haar te trappelen van ongeduld.

'Ik denk niet dat je koorts hebt,' zegt Jessica. 'Heb je ergens pijn? In je keel soms?'

Elfie schudt haar hoofd.

'Waarom ga je voor de zekerheid niet even naar de schoolzuster,' zegt Jessica. 'Dan vraag je haar of ze je temperatuur opneemt. En als je koorts hebt, kom je maar weer naar boven, dan bel ik je moeder of je vader.'

'Ik ga wel met haar mee,' zegt Filippa.

'Goed,' zegt Jessica. 'Doe dat maar.'

Anders ziet Elfie en Filippa door de poort naar buiten komen. Hij ziet dat ze op de trap blijven staan en dat Filippa om zich heen kijkt.

'Ga je na de bso met me mee naar huis?' vraagt Danne. 'Ik heb een nieuw computerspel dat we kunnen proberen.'

'Dat gaat niet,' zegt Anders. 'Hoppie is ziek. We moeten misschien naar de dierenkliniek.'

'Zielig,' zegt Danne, maar Anders weet dat hij niet weet hoe dat voelt. Danne heeft geen dier en wil er ook geen.

Over de harten die in hun schooltas zaten, hebben ze met geen woord gerept.

Danne krijgt de meisjes op de trap in de gaten. Hij kijkt naar Filippa en zij kijkt terug. Elfie staart naar de grond alsof ze iets verloren heeft.

Danne geeft Anders met zijn elleboog een por in de zij.

'Ze vindt me leuk,' zegt hij. 'Filippa.'

'Vind jij haar ook leuk?' mompelt Anders.

Danne knikt.

'Ik...' zegt Anders. 'Ik geloof dat ik ook... ik bedoel...'

Danne luistert niet. Hij loopt naar de trap. Anders volgt hem. Naar de trap. Naar Elfie.

Elfie zie de twee jongens op Filippa en haar afkomen. Ze wil vluchten, de poort openrukken en de school in verdwijnen. Of langs de jongens heen het schoolplein afrennen, zover mogelijk weg. Maar haar laarzen lijken vastgelijmd op de stenen trap. Ze krijgt niet eens een voet opgetild.

Danne en Anders komen dichterbij. Filippa kijkt haar triomfantelijk aan.

'Daar komen ze,' fluistert ze.

Alsof Elfie dat niet ziet!

Danne loopt voorop, Anders vlak daarachter.

Ze komen steeds dichterbij. Nu is Danne bij de trap. Hij loopt omhoog tot hij op de tree onder die van Filippa en Elfie staat. Anders blijft een tree lager staan.

'Hé,' zegt Danne.

'Hoi,' zegt Filippa.

Dat is alles wat Elfie hoort. Ze ziet de monden van

Danne en Filippa bewegen en ze hoort dat er geluid uitkomt, maar ze verstaat de woorden niet. Het lijkt wel of ze in een vreemd land is waar ze de taal niet verstaat.

Ze houdt haar adem in en wacht tot het over is, tot de pauze voorbij is. Ze blijft naar haar voeten kijken, naar haar laarzen met hun kale neuzen.

Elfie begrijpt niet hoe het gebeurt, maar ineens slaat ze haar ogen op. Ze kijkt naar Anders, die twee traptreden lager pal voor haar staat. Ze kijkt recht in zijn bruine ogen. En op datzelfde moment weet ze het. Er is niets om bang voor te zijn.

Anders hoort het gesprek als een pingpongballetje tussen Danne en Filippa heen en weer stuiteren. Terwijl zij praten, kijkt hij naar Elfie. Zij blijft hardnekkig naar haar voeten staren.

Ze vindt me niet aardig, denkt Anders. Ze heeft er spijt van dat ze me het hart heeft gegeven.

Hij zou weg moeten lopen. Of mee moeten doen aan het gesprek tussen Danne en Filippa. Elfie daar laten staan bokken, als ze dat zo graag wil.

Hij is bijna boos op haar.

Dan slaat ze haar ogen op en kijkt hem aan. Recht in zijn ogen. Op dát moment weet hij het.

Er is niets om boos over te zijn.

Elfie voelt zich zo licht als een ballonnetje. Het is maar goed dat haar laarzen haar nog steeds op de trap vasthouden, anders zou ze opstijgen en wegvliegen. Ze heeft zin om zomaar te gaan lachen.

'Ik heb je hart gekregen,' zegt Anders. 'Dat was toch van jou?'

'Ja,' antwoordt Elfie.

'Mooi,' zegt Anders. 'Dat het van jou is, bedoel ik.'

'Hebben we nu verkering?' vraagt Elfie.

'Ja,' zegt Anders. 'Ja, dat hebben we. Als jij tenminste wilt?'

'Dat wil ik,' antwoordt Elfie.

Dan is de pauze voorbij en moeten ze naar binnen.

Hoe kan hij nou het allerbelangrijkste van de hele wereld vergeten? Gisteren heeft Anders de hele dag aan Hoppie gedacht, de hele dag en de hele avond, totdat hij in slaap viel. En toen hij vanochtend wakker werd, dacht hij al aan haar voordat hij zelfs zijn ogen opendeed. Wat er met haar aan de hand is. Of ze naar de dierenkliniek moeten. Of de dierenarts daar haar beter kan maken.

Maar wanneer Danne vertelt dat Filippa na de BSO met hem mee naar huis gaat, dat Elfie ook meekomt en dat ze met z'n vieren in de kelder naar de video kunnen kijken, zegt Anders: 'Oké.'

Dan is hij vergeten dat hij regelrecht uit school naar huis zou gaan om te kijken hoe het met Hoppie was. Dat papa beloofd heeft dat hij vroeg van zijn werk zou thuiskomen om naar de dierenkliniek te gaan, als dat nodig was.

Wanneer ze op de BSO wat gegeten en gedronken hebben, bellen ze om beurten naar hun ouders om te vragen of ze met Danne mee mogen.

Pas als Anders, als laatste, het nummer van zijn moeders werk draait, schiet het hem plotseling weer te binnen.

'Nee! Ik moet naar huis!'

Hij gooit de hoorn op de haak.

'Mijn konijn,' legt hij uit. 'Ze is ziek. We moeten naar de dierenkliniek.'

'Je kunt toch wel even mee?' probeert Danne.

Anders schudt zijn hoofd. 'Nee, ik moet meteen naar huis.'

Filippa kijkt chagrijnig, wanneer ze hun jassen aantrekken. Elfie is stil en teleurgesteld. Buiten voor de BSO zeggen ze elkaar gedag. Anders begint op een holletje naar huis te rennen. Hij is de hoek met het groene huis al om, wanneer hij hoort dat er iemand achter hem aan komt hollen. Hij draait zich om.

Het is Elfie.

Anders blijft staan en wacht op haar. Ze is buiten adem, wanneer ze bij hem is.

'Ik dacht…' zegt ze hijgend. 'Ik dacht… als je wilt… kan ik niet mee om je te helpen met je konijn?'

Elfie heeft een heel eind hard moeten rennen, de school langs en twee hoeken om, voordat ze Anders weer zag. Ze was bang dat hij al thuis zou zijn, want ze had niet durven aanbellen. Wat had ze moeten zeggen als zijn vader of moeder had opengedaan?

Nu staat ze daar te hakkelen en stamelen. Ze heeft steken in haar zij en is buiten adem.

Maar Anders kijkt haar lief aan en zegt: 'Kom maar mee dan. Ik woon hier vlakbij.'

Anders doet de deur open en laat Elfie het halletje binnen. Zelf schopt hij zijn schoenen uit en rent naar de keuken. Hoppie hoort het altijd wanneer hij thuiskomt. Dan begint ze hard aan haar kooi te krabben, blij dat ze eruit mag. Maar nu ligt ze heel stil. Eerst denkt Anders dat ze dood is, maar dan ziet hij dat één oor een heel klein beetje beweegt. Ze is niet dood, maar wel ziek. Dat is duidelijk.

Anders laat zich op zijn knieën naast het hok vallen. Hij doet het deurtje open, steekt zijn hand naar binnen en voelt aan Hoppies neus. Die is nog warmer dan gisteren.

'Wat is ze mooi,' zegt Elfie.

'De mooiste van de wereld,' antwoordt Anders.

Zijn stem klinkt dik.

'Moet je je vader niet bellen?' vraagt Elfie.

Anders knikt en komt overeind. Terwijl hij het num-

mer intoetst en wacht tot papa opneemt, gaat Elfie
op haar hurken bij het hok zitten. Ze aait Hoppie
voorzichtig over haar rug. Anders vindt dat ze dat
goed doet.

Papa belooft dat hij er over een kwartiertje is. Intus-
sen pakt Anders de draagmand waarin Hoppie ver-
voerd moet worden.

'Heb jij een dier?' vraagt hij aan Elfie.

'Dat kan niet,' zegt Elfie. 'Mijn grote zus is allergisch
voor dierenhaar. Anders zou ik een kat willen. Of een
konijn misschien.'

Anders gaat op een keukenstoel zitten met Hoppie
op zijn schoot. Hij aait haar voorzichtig. Hoppie kijkt
hem met vermoeide ogen aan.

'Ze kunnen haar vast weer beter maken,' zegt Elfie.

'Dat denk ik in elk geval wel.'

Wanneer Anders' vader aankomt, staan ze al met hun
jassen aan in de hal. Hoppie ligt in de mand.

'Heb je damesbezoek?' vraagt papa aan Anders. 'Stel
ons dan maar eens aan elkaar voor.'

'Ik ben Elfie,' zegt Elfie. 'Ik ga nu.'

Het liefst was ze meteen naar buiten gelopen, maar Anders' vader staat midden in de deuropening.

'Wil je niet mee naar de dierenkliniek?' vraagt hij. 'Anders moet vast wat opgepept worden tijdens het wachten.'

Elfie kijkt Anders aan. Wil hij dat ze meegaat? Ze weet het niet zeker.

'Of niet soms, Anders?' gaat zijn vader verder.

'Ja,' antwoordt Anders. 'Ga maar mee, als je wilt.'

Ze gaan op de achterbank zitten, Anders en zij, de mand met het konijn tussen hen in.

Anders' vader start de auto. Het begint al donker te worden buiten.

In de dierenkliniek moeten ze lang wachten. De steen in Anders' buik wordt groter en zwaarder. Hij is blij dat Elfie niet probeert hem 'op te peppen', zoals zijn vader voorstelde. Maar het is fijn dat ze naast hem zit. Gewoon daar zit zonder al te veel te zeggen.

Eindelijk mogen ze naar binnen bij de dierenarts, die Hoppie onderzoekt. Anders durft bijna geen adem te halen terwijl de dokter voorzichtig het konijnenlijfje betast. Stel je voor dat Hoppie doodgaat en dat ze er niets aan kunnen doen!

Maar dat zegt de dokter niet. Ze zegt dat Hoppie een zware keelontsteking heeft, waardoor ze niet kan slikken. En door die ontsteking heeft ze koorts. Ze schrijft een recept uit voor een medicijn dat ze in de apotheek moeten gaan halen.

'Met een paar dagen is het over,' zegt de dokter. 'Tot die tijd moet je ervoor zorgen dat ze in ieder geval water naar binnen krijgt. Je kunt haar met een lepeltje voeren, of met een pipet. Het komt allemaal in orde, heus.'

Ze rijden direct door naar de apotheek. Papa moppert even dat het medicijn zo duur is, maar Anders weet dat hij het niet meent. Ze kopen ook een pipet, een klein, glazen buisje dat spits toeloopt aan het eind. Er zit een openingetje onderin en aan het andere eind zit een rubberen bolletje. Als je het bolletje indrukt en dan weer loslaat, komt er water in het buisje. Dat kan Anders dan in Hoppies bek druppelen.

Als ze hun eigen straat weer inrijden, is het al na zevenen.

'Zal ik je naar huis brengen?' vraagt papa aan Elfie.

'Waar woon je?'

'Dat is niet nodig,' zegt Elfie.

Papa parkeert de auto en Elfie stapt uit.

'Dag,' zegt ze tegen Anders.

'Dag,' zegt Anders. 'Fijn dat je bent meegegaan.'

'Tot morgen,' zegt Elfie.

Dan rent ze de straat uit.

Het is gaan sneeuwen. Grote witte vlokken dwarrelen langzaam in het licht van de straatlantarens naar beneden. Elfie gaat zachter lopen. Het is stil om haar heen, stil, zacht en wit. Ze is alleen op de wereld. Toch voelt ze zich niet eenzaam, helemaal niet. Haar hart bonst nog steeds, ook al loopt ze nu rustig. Het bonst heel gelijkmatig. An-ders, An-ders, gaat het.

Gisteren was hij nog gewoon een jongen uit haar klas. Iemand die ze iedere dag zag en op wie ze niet lette. Nu weet ze dat hij bijzonder is. Ze weet precies hoe hij zijn hand door zijn donkere, krullende haar haalt. Ze weet hoe hij zijn schouders optrekt en zijn rug kromt, wanneer hij moe en ongerust is. Ze weet hoe zijn bruine ogen stralen, wanneer hij blij is.

Als ze haar ogen dichtdoet, ziet ze hem nog steeds voor zich. Met gesloten ogen loopt ze over de stoep, zet voorzichtig de ene voet voor de andere. Sneeuwvlokken landen zacht op haar gezicht. Ze steekt haar tong uit en proeft de sneeuw.

Onder een lantarenpaal blijft Elfie staan en doet haar ogen weer open. Daar staat ze in de lichtbundel, als een actrice op het toneel, maar dan zonder publiek. Met één hand pakt ze de lantarenpaal vast. Haar andere arm houdt ze uitgestrekt. Zo slingert ze om de lantarenpaal heen, rondje na rondje.

Ze is zó blij.

Anders heeft Hoppie het medicijn gegeven. Met de pipet heeft hij keer op keer water in haar bek gedruppeld. Nu slaapt ze, en Anders zit naast papa en mama op de bank in de huiskamer.

'Dat was een leuk meisje dat je bij je had,' zegt papa. 'Elfie heette ze toch?'

'Elfie?' vraagt mama. 'Haar herinner ik me nog wel. Ze is hier ooit op een feestje geweest. In groep 1, geloof ik. Wonen ze niet ergens in de Paddestoelen-buurt?'

'Zo, en dat is dus je vriendinnetje,' zegt papa.

Het is niet echt een vraag, dus Anders geeft ook geen

antwoord. Hij ziet dat mama papa even aankijkt met opgetrokken wenkbrauwen. Anders begrijpt dat dat betekent: 'Zeg toch niet van die domme dingen!' Maar papa geeft het niet op.

'Toen ik zo oud was als jij,' zegt hij, 'was ik verliefd op een meisje dat Marie heette. We zaten bij elkaar in de klas. Ze zag er leuk uit, net zo leuk als jouw Elfie. Op een dag speelden we een spelletje. Ik stond buiten op de gang en moest kiezen tussen een handdruk, een omhelzing, een klap of een zoen. Ik was er zo van overtuigd dat ze Marie aanwezen, dat ik zonder enige aarzeling "een zoen" zei. Toen ik daarna binnen mocht komen, zag ik dat zij het helemaal niet was, maar Gugge, een ander meisje, groot, stoer en nogal driftig. Ik was doodsbenauwd voor haar. Ze stond daar met haar handen in haar zij alsof ze wilde zeggen: "Waag het niet om me te zoenen, want ik verkoop je een dreun!" Als een speer rende ik op haar af, zoende haar vlug op haar mond en rende weer de gang op. Iedereen moest lachen. Marie het hardst van allemaal. Daarna was ik niet meer verliefd op haar.'

'Waarom vertel je dit aan Anders?' vraagt mama.

'De realiteit van het leven,' zegt papa.

'Of hij nu wel of niet op Elfie verliefd is,' zegt mama, 'je moet hem gewoon met rust laten.'

Ze praat verder en papa geeft antwoord. De woorden vliegen over Anders' hoofd heen en weer, maar hij luistert niet.

Hij denkt aan Elfie. Is zij nu zijn vriendinnetje? Is hij verliefd op haar?

Hij weet het niet goed. Maar hij weet wel dat hij warm vanbinnen wordt als hij aan haar denkt. Hij weet dat ze op een bepaalde manier haar hoofd naar achteren gooit, waardoor haar haren alle kanten op vliegen. Hij weet dat haar blauwe ogen bezorgd kunnen kijken, maar ook dat ze kunnen stralen van blijdschap. Hij weet dat ze verlegen en dapper is.

Ik ben vast verliefd, denkt hij.

Wanneer Elfie om halfacht thuiskomt, is haar moeder razend.

'Waar kom jij vandaan?' brult ze nog voordat Elfie haar jas heeft kunnen uitdoen.

Mama heeft vaak een slecht humeur de laatste tijd. Misschien komt het omdat papa bijna nooit meer thuis is. Hij is druk bezig met de opnamen van een film in Trollhättan en komt ook in de weekeinden niet meer thuis. Elfie is het gewend dat papa weg is, maar dit keer duurt het wel heel erg lang.

Elfie begint te vertellen over Anders, het konijn en de dierenkliniek, maar mama luistert niet. Ze is boos op Elfie, omdat zij gezegd had dat ze met Filippa naar Dannes huis zou gaan. Maar toen Elfie niet op tijd thuis was voor het avondeten, had mama naar Filippa gebeld en te horen gekregen dat die allang thuis was. En Filippa had gezegd dat Elfie niet was meegegaan naar Danne, maar was weggerend. En dat ze niet wist waar Elfie was. Nu heeft mama zich meer dan een uur zorgen lopen maken. En waarom heeft ze niet gebeld?

Elfie begint het uit te leggen, maar mama onderbreekt haar opnieuw en zegt dat ze had moeten bellen om te zeggen waar ze was.

'Anders' vader heeft heus wel een mobieltje,' zegt mama. 'Je had kunnen vragen of je dat mocht lenen. Hij begrijpt best dat je niet zomaar kunt wegblijven zonder naar huis te bellen.'

Daarop weet Elfie niets anders te zeggen dan dat ze er niet aan gedacht heeft.

'Het wordt tijd dat je je hersens eens gaat gebruiken, Elfie,' zegt mama. 'Je loopt met je hoofd in de wolken. Je dagdroomt alleen maar en leeft in een fantasiewereld. Je moet eens leren om...'

Terwijl ze naar mama luistert, stroomt alle blijdschap uit Elfie weg. Het verdwijnt als sneeuw voor de zon. Ze is moe en heeft honger.

'Is er nog iets te eten?' weet ze uit te brengen, wanneer mama even ophoudt om adem te halen.

Mama zucht.

'Het is koud geworden,' zegt ze. 'Maar ik kan het voor je opwarmen in de magnetron.'

'Dat doe ik zelf wel,' antwoordt Elfie.

Maar mama is al bezig om vis en aardappelen op een bord te scheppen.

Filippa is ook boos, wanneer Elfie haar de volgende morgen op weg naar school tegenkomt.

'Dat snap je toch zeker wel?' briest ze. 'Als je er zomaar vandoor gaat! Terwijl we hadden afgesproken dat we allemaal naar Dannes huis zouden gaan.'

'Maar Anders kon niet,' probeert Elfie.

'Nee, maar je hoefde hem toch niet achterna te rennen,' vindt Filippa. 'Ik voelde me vreselijk opgelaten. Alleen met Danne!'

Elfie begrijpt niet waarom ze zich zo opgelaten zou moeten voelen. Zij voelt zich helemaal niet opgelaten als ze met Anders alleen is.

'Sorry,' zegt ze toch maar. 'Daar heb ik niet aan gedacht.'

'Goed dan,' antwoordt Filippa genadig. 'Maar vrijdag moet je erbij zijn.'

'Vrijdag?'

'Dan blijven we bij Danne slapen,' vertelt Filippa. 'In de kelder. Daar is een oergezellige tv-kamer, waar we op matrasjes op de vloer kunnen liggen. Zijn ouders vinden het goed. En ik mag van mijn ouders. Maar Anders en jij moeten erbij zijn, anders gaat het niet.'

'Ik zal het aan mama vragen,' zegt Elfie.

'Het wordt echt leuk,' zegt Filippa. 'We kopen een heleboel frisdrank en chips, en Dannes moeder heeft beloofd dat we een video mogen huren. We nemen een romantische film. En als dan het licht uit is, kunnen we zoenen.'

'Hebben jullie dat al gedaan?' vraagt Elfie.

'Wat?'

'Zoenen.'

'Natuurlijk niet,' zegt Filippa. 'We hebben een spelletje gespeeld op zijn computer. En jullie?'

'Nee,' zegt Elfie. 'Wij ook niet.'

'Blijven slapen?' zegt Anders tegen Danne.

Hij weet niet wat hij van het plan moet denken. Hij heeft het nooit echt fijn gevonden om ergens anders te slapen. Toen hij in groep 3 voor de eerste keer bij Danne bleef slapen, moest Dannes vader hem midden in de nacht naar huis brengen, omdat hij niet kon slapen en zijn moeder miste. Nu is hij er iets meer aan gewend. Hij is een paar maal bij Danne blijven slapen en vorig voorjaar heeft hij met de bso ook ergens overnacht, maar hij vindt het nog steeds niet echt geweldig. Hij slaapt het liefst in zijn eigen bed.

Maar er is ook nog iets anders, iets aan de manier waarop Danne zegt dat ze samen met de meisjes in de tv-kamer in de kelder zullen slapen. Hij zegt het op zo'n speciale manier dat Anders moet denken aan het verhaal van zijn vader gisteren. Het is net of er

aparte regels zijn voor de omgang met meisjes.
Regels die Anders niet kent.

'Het wordt leuk,' zegt Danne.

'Vast,' antwoordt Anders.

Maar dan krijgt hij Elfie in de gaten. Ze steekt samen met Filippa het schoolplein over. Hij weet dat ze hem ook ziet. Hij heeft het gevoel of zij met z'n tweeën de enigen op het hele schoolplein zijn, en of er tussen hen een touw zit dat haar naar hem toe trekt.

De gedachte aan een touw maakt hem aan het lachen. Danne kijkt hem vragend aan.

'Daar komen ze,' zegt Anders.

Zodra Elfie Anders ziet, wordt ze weer blij. Ze heeft zin om naar hem toe te rennen, maar zoiets doe je niet. Het duurt lang voor ze het schoolplein over zijn, veel te lang. De hele tijd kijkt ze hem aan en ze ziet dat hij naar haar kijkt.

'Hoe is het met Hoppie?' vraagt ze zodra ze bij hem is. 'Gaat het al wat beter?'

'Een klein beetje,' zegt Anders. 'Maar het duurt nog

wel een paar dagen voordat ze weer helemaal beter is.'

'Ik heb ook een konijn gehad,' vertelt Filippa. 'Maar dat is opgegeten door de kat van de buren.'

'Wat erg,' zegt Anders.

'Het was nog maar een jonkie,' gaat Filippa verder. 'Het was uit zijn hok in de tuin ontsnapt. De kat kwam ermee aanlopen in de keuken. Met wat er nog van over was.'

'Bah,' zegt Danne.

Danne en Anders kijken nu allebei naar Filippa. Ze wachten of er nog meer gaat komen. Elfie zou willen dat zij iets kon bedenken om te zeggen, waardoor Anders haar zou aankijken in plaats van Filippa. Danne mag rustig naar Filippa blijven kijken als hij dat wil.

Het was trouwens niet eens Filippa's konijn, maar dat van haar oudere zusje.

Jammer dat ik geen konijn heb, denkt Elfie. Anders had ik hem mee naar Anders kunnen nemen en dan zouden onze konijnen samen kunnen spelen. En als die van mij dan een mannetje was, zouden ze van die schattige jonkies kunnen krijgen.

Dan merkt ze dat Anders naar haar kijkt. Hij kijkt naar haar en glimlacht. Ze wordt warm van blijdschap.

Vrijdagmiddag pakt Anders een tas met zijn pyjama, een tandenborstel en een kussen. Hij geeft Hoppie een zoen op haar neus en zegt zijn vader en moeder gedag.

'Moeten we nog opbellen om je welterusten te wensen?' vraagt mama.

Dat doen ze altijd wanneer hij ergens blijft slapen.

'Nee,' zegt Anders. 'Dat hoeft niet.'

Mama glimlacht en woelt even door Anders' haar.

Papa geeft hem een knipoog.

'Doe Elfie de groeten,' zegt hij.

Danne woont maar één blok verder.

'Ze zijn er nog niet,' zegt Danne als hij de deur opendoet.

Ze gaan naar de kelder en zetten Anders' tas in de tv-kamer. Langs de muur staan een paar schuimrubberen matrasjes.

'Die leggen we straks op de vloer,' zegt Danne. 'Als we gaan slapen.'

'Daniël!' roept Dannes vader van boven uit de keuken. 'De meisjes zijn er.'

Ze zitten aan de keukentafel en eten lasagne. De lasagne is heerlijk, maar Elfie krijgt geen hap door haar keel. Ze heeft vlinders in haar buik en haar hart gaat zo hard tekeer dat iedereen aan tafel het volgens haar moet kunnen horen.

Wanneer ze klaar zijn met eten gaan ze naar de kelder. Dannes moeder vult twee grote schalen met chips. Samen dragen ze de schalen, limonade en vier glazen de trap af.

Beneden in de tv-kamer haalt Filippa de film te voorschijn die Elfie en zij gehuurd hebben. Filippa heeft hem uitgezocht. Danne kijkt argwanend naar het doosje, maar zegt niets.

Anders zit in de ene hoek van de bank. Elfie gaat in de andere hoek zitten. Ze voelt zich verlegen. Filippa stopt de film in de videorecorder. Daarna gaat ze in het midden zitten. Danne laat zich naast haar op de bank vallen en start de film met de afstandsbediening.

Anders vindt de film saai. Een jongen is verliefd op een meisje, maar zij is verliefd op zijn beste vriend. En het meisje heeft een vriendin die weer verliefd is op de eerste jongen, maar die heeft dat niet door. Er zijn de hele tijd allemaal misverstanden.
Danne heeft zijn arm om Filippa's schouders gelegd. Filippa leunt met haar hoofd tegen hem aan. Anders gaapt en neemt een handvol chips. Hij vraagt zich af waarom Elfie in de andere hoek is gaan zitten in plaats van naast hem. Misschien heeft hij iets verkeerd gedaan, denkt hij.

Elfie heeft spijt dat ze zo ver van Anders af is gaan zitten. Nu zitten Danne en Filippa tussen hen in en kan ze niet dichter naar hem toe schuiven.
In de film is iedereen verliefd op de verkeerde persoon, maar Elfie begrijpt dat het op het eind allemaal goed komt. Ze kan zich niet op de film concentreren. Hoe moet het als ze straks gaan slapen?

vraagt ze zich af. Kleden ze zich alle vier in de kamer uit?

Mama had een heleboel vragen, toen Elfie vertelde dat ze samen met Filippa bij Danne wilde blijven slapen. Waar ze zouden slapen en wat ze zouden gaan doen en waarom Elfie ineens zoveel met Anders optrok.

'Ze is verliefd, snap dat nou,' zei Elin, Elfies oudere zusje, die in groep acht zit.

'Verliefd,' snoof mama. 'Ze is pas negen.'

Elin was gaan lachen en had Elfie plagend aangekeken.

'Want je bent toch verliefd, hè Elfie?'

Nooit zou ze Anders mee naar huis nemen. In ieder geval niet wanneer Elin thuis was.

Eindelijk is de film afgelopen. Het kwam allemaal goed en iedereen was blij.

Anders denkt aan Hoppie en vraagt zich af hoe het met haar zou zijn. Natuurlijk, ze is nu bijna beter, maar misschien mist ze hem. Hij overweegt of hij niet even naar huis zal gaan om te kijken. Misschien wil Elfie mee. Ze kunnen toch later terugkomen, vindt hij.

Maar Filippa heeft al besloten dat ze gaan dansen. Danne moet boven een cd-speler gaan halen. Filippa heeft cd's bij zich. Een paar zijn er van haarzelf en ze heeft er een paar van haar zusje geleend.

Anders heeft al eerder gedanst, één keer toen er op school een disco was voor de onderbouw, en op een paar verjaardagsfeestjes van meisjes. Maar hij vindt het gek om bij Danne in de kelder te gaan dansen als ze maar met z'n vieren zijn. Ook Elfie lijkt nogal opgelaten, zoals ze daar voor hem staat

en op de maat van de muziek heen en weer beweegt.
'Een schuifelplaat,' roept Filippa en zet een langzaam
liedje op. Ze slaat haar armen om Dannes hals en
begint te dansen.

Anders kijkt naar Elfie. Durft hij dat? Wil ze wel?
Elfie aarzelt. Ze gaat nu vier dagen met Anders, maar
ze hebben elkaar nog geen enkele keer vastgehouden.
Een paar keer hebben hun handen elkaar geraakt,
toen ze Hoppie vasthielden. Maar dat was puur toeval geweest.

Ze haalt diep adem en doet een stap in zijn richting.
Tegelijkertijd doet hij een stap naar haar toe, zodat
ze bijna tegen elkaar botsen. Elfie struikelt over haar
eigen voeten of over die van Anders. Helemaal met
elkaar verstrengeld vallen ze neer op de bank. Elfie
moet er vreselijk om lachen. Anders ook. Gierend
van de lach houden ze elkaar vast, rollen van de bank
op de vloer, stoeien en kietelen elkaar.

'Wat zijn jullie aan het doen?' vraagt Filippa, maar
Elfie luistert gewoon niet.

'Kom op nou, Anders!' roept Danne, maar ook Anders lijkt niet te luisteren.

Elfie en Anders hebben de slappe lach en kunnen niet meer ophouden.

Om tien uur komt Dannes vader naar beneden en zegt dat ze naar bed moeten.
'Wil er eerst nog iemand naar huis bellen?' vraagt hij en kijkt Anders daarbij aan. Anders schudt zijn hoofd.
'Dat hoeft niet.'
Nu hij zo met Elfie kan lachen, is naar huis bellen niet nodig.
Ze leggen de matrasjes op de vloer en spreiden de dekbedden uit.
'Eén van jullie kan op de bank slapen,' zegt Dannes vader.
Maar niemand wil dat.
Anders en Danne gaan naar boven om hun tanden te poetsen. Wanneer ze terugkomen, hebben de meisjes hun nachtpon al aan. Elfie heeft er een met konijntjes. Anders vraagt zich af of ze die nachtpon speciaal heeft aangetrokken omdat ze weet dat hij van konijnen houdt. Maar misschien is het gewoon toeval.

Als de meisjes boven zijn om hun tanden te poetsen,
heeft Danne een plannetje.

'Spookverhalen,' zegt hij. 'Vreselijk enge spookverhalen. Dan worden de meisjes bang en willen ze
dicht bij ons liggen.'

'Ken je een paar goeie?' vraagt Anders.

'Genoeg,' zegt Danne.

Als het licht uit is en ze onder de dekbedden liggen, begint Danne zijn spookverhalen te vertellen. Eerst vertelt hij over een jongen die een man zonder hoofd tegenkwam, en daarna over een duivelshond met kaken waar het bloed van afdroop. Filippa maakt angstige piepgeluidjes en kruipt dichter naar hem toe.

Elfie is eigenlijk niet bang, maar ze schuift toch een stukje Anders' kant op. Ze steekt haar hand uit en vindt zijn warme hand.

Danne zwijgt. Elfie draait haar hoofd opzij en ziet dat Filippa en Danne met hun hoofden dicht bij elkaar op hetzelfde kussen liggen. Het is moeilijk te zien in de donkere kamer, maar het lijkt erop dat ze elkaar zoenen.

'Zeg…' fluistert Elfie in het donker.

'Ja?'

'Nee, laat maar.'

'Jawel, zeg op.'

'Wil je… ik bedoel… zullen we…?'

Ze durft het niet te zeggen. Niet te zeggen wat ze wil, ook al wil ze het nog zo graag. Ze is blij, bang, opgewonden en verlegen tegelijk.

'Bedoel je…' fluistert Anders.

Hij durft het ook niet te zeggen, denkt Elfie. Hij is ook verlegen.

Wanneer ze zich dat realiseert, verdwijnt haar eigen schuchterheid. In ieder geval zo goed als.

'Elkaar zoenen,' fluistert Elfie.

Dan trekt Anders zijn dekbed over hun hoofden heen. Het is pikkedonker, warm en stil onder het dekbed. Op dat moment voelt ze Anders' mond tegen de hare. Zijn lippen zijn zacht, warm en een beetje vochtig. Zo licht als een vlinder op haar hand beroeren ze even haar lippen.

'Nog een keer,' zegt Elfie, heel zachtjes.

Nog een keer, en nog een keer, en nog een keer zoenen ze elkaar. Ze zoenen elkaar zo vaak dat ze de tel kwijtraken. Ze zoenen elkaar op de mond, op de wang en op de kin, en in de duisternis belandt één zoen van Elfie toevallig op Anders' neus. Ze zoenen elkaar totdat ze geen lucht meer krijgen en ze onder het dekbed vandaan moeten komen om adem te halen.

Maar daarna duiken ze er weer onder en gaan nog een tijdje door.

Vroeger maakte Elfie geen deel uit van Anders' leven. Misschien was ze er wel ergens, maar hij merkte haar nauwelijks op. Nu is ze er de hele tijd. Elke ochtend als ze elkaar op school zien, zeggen hun blikken: 'Jij en ik. Wij.'

Op sommige dagen gaat Elfie met Anders mee naar huis. Ze verzorgen Hoppie, ze spelen en praten, en af en toe zoenen ze elkaar. Best vaak, eigenlijk.

Andere dagen trekken ze op met Filippa en Danne. Meestal zijn ze dan bij Danne in de kelder. Ze kijken daar video en dansen. Maar Anders vindt het eigenlijk fijner om alleen met Elfie te zijn.

Ondertussen verstrijkt de tijd. Februari gaat voorbij en het wordt maart. Er vallen druppels van de daken en je kunt de merels horen. In de tuinen duiken sneeuwklokjes op. En daarna breekt de paasvakantie aan.

Anders wil Elfie een cadeautje voor Pasen geven. Iets heel moois, om aan te geven dat hij van haar houdt. Hij heeft alleen geen geld. Hij is niet zo goed in sparen. Zodra hij zijn zakgeld krijgt, heeft hij het alweer uitgegeven.

Elf kronen heeft hij. Dat is niet genoeg voor zo'n mooi cadeau als hij aan Elfie wil geven.

Maar wat geef je een meisje eigenlijk? Een sieraad, denkt Anders. Een mooi sieraad dat ze altijd kan dragen.

Op weg naar de bibliotheek blijft hij voor de juwelierswinkel staan en kijkt in de etalage. Er liggen gouden oorbellen, maar Elfie heeft geen gaatjes in haar oren. Ringen met stenen, maar die zijn echt te groot. Kettingen met een klein hangertje. Zoiets zou mooi zijn. Maar heeft ze niet altijd al een zilveren kettinkje om haar nek?

Het maakt ook niet uit. Hij heeft toch geen geld.

Dan ineens moet Anders aan zijn moeders lade met sieraden denken. De lade van de kast op papa en mama's slaapkamer, rechts van de spiegel. Daar liggen mama's sieraden in kleine rode en blauwe doosjes met roze, gele of lichtblauwe watjes erin. Sommige liggen ook los, omdat ze niet in een doosje passen of omdat mama er niet zoveel waarde aan hecht. Toen Anders klein was, speelde hij altijd met mama's sieraden. Dan keerde hij de inhoud van de lade om op de zachte vloerbedekking van de slaapkamer en deed alle doosjes open. Mama had hem een paar oude sieraden gegeven om mee te spelen, maar hij wilde het liefst spelen met die van haar. Hij hing lange kettingen om zijn nek en deed rinkelende armbanden om zijn polsen. Mama zei dan altijd dat hij eruitzag als een knappe prins.

Anders loopt regelrecht de trap naar de slaapkamer op. Hij trekt de rechterlade open en begint alle doosjes open te maken. Een gouden armband. Te duur – die kan hij niet weggeven. Een stijve, zilveren ketting. Dat is niks voor Elfie. Lange, bungelende oorhangers. Een zilveren ketting met een kapot slotje. Au! Hij heeft zijn vinger aan iets geprikt. Hij haalt een broche te voorschijn die los in de lade ligt. De broche stelt een vlinder voor. Een blauwe vlinder met een zilveren rand eromheen. Hij is tamelijk groot, ongeveer als een echte vlinder.

De vlinder heeft dezelfde kleur als Elfies ogen.

Dit wordt haar cadeau.

Anders stopt hem in de zak van zijn spijkerbroek en legt alle andere dingen terug in de la. Dan bedenkt hij zich dat hij ook een doosje nodig heeft. Hij haalt het kapotte zilveren kettinkje uit het doosje en doet dat bij de gouden armband. Nu heeft hij een doosje voor de vlinder.

Elfie is verbaasd wanneer Anders aanbelt. Ze is verkouden en heeft keelpijn – uitgerekend in de vakantie.

's Ochtends is mama thuisgebleven om voor Elfie te zorgen. Maar na de lunch moest ze een paar uurtjes naar haar werk. Elin had beloofd thuis te zullen blijven, maar toen ging de telefoon en was ze ineens verdwenen. Het maakt ook niet uit. Ze is liever alleen thuis dan dat ze Elins geplaag moet aanhoren.

'Hallo,' zegt Anders.

'Hoi,' zegt Elfie. 'Ik ben ziek.'

'Dat zie ik,' zegt Anders.

Elfie trekt de ochtendjas nog dichter om zich heen.

'Wil je binnenkomen? Ik ben alleen thuis.'

'Dat gaat niet,' zegt Anders. 'Ik heb met Danne afgesproken. Ik wilde je alleen dit even geven.'

Hij haalt een blauw doosje uit zijn jaszak en geeft het aan Elfie.

'Het is een cadeautje voor Pasen,' zegt hij. 'Misschien had ik het moet inpakken.'

Elfie haalt het deksel van het doosje. Op een bedje van lichtblauwe watten ligt een blauwe vlinder. Zoiets moois heeft ze nog nooit gezien. 'Wat mooi!' zegt ze. 'Het is vast heel erg duur geweest.'

Daarop geeft Anders geen antwoord.

'Vind je het wat?' vraagt hij maar.

'Het is echt prachtig,' antwoordt Elfie. 'Héél, héél erg bedankt.'

Elfie speldt de vlinderbroche op haar ochtendjas. Ze gaat voor de spiegel staan en kijkt er een hele tijd naar. Daarna begint ze een boek te lezen en vergeet de broche bijna, totdat mama thuiskomt.

'Waar is Elin?' vraagt mama.

'Ergens buiten,' zegt Elfie.

Mama zucht.

'Ik kan jullie ook nooit vertrouwen!'

Dan ziet ze de broche.

'Wat is dat? Waar heb je die vandaan?'

'Die heb ik gekregen,' antwoordt Elfie. 'Een cadeautje voor Pasen.'

'Van wie?'

'Van Anders.'

'Mag ik eens kijken?'

Mama steekt haar hand uit en maakt de speld los. Ze draait de broche om en bestudeert hem.

'Van zilver en email,' zegt ze. 'Het is geen goedkoop dingetje. Heeft hij dat van zijn zakgeld gekocht?'

'Dat weet ik niet,' zegt Elfie.

'Hmm,' zegt mama. 'Wees er maar zuinig op.'

Die avond gaat bij Anders thuis de telefoon. Papa neemt op.

Anders zit met zijn moeder aan de keukentafel en maakt allerlei paasversieringen van veren, glazen kralen en uitgeblazen eieren. Mama is daar erg goed in, veel beter dan Barbro en Micke op de BSO. Die willen altijd dat de kinderen allemaal dezelfde kuikentjes maken van twee gele pompons en een veertje. Het zijn nu trouwens alleen nog de meisjes die knutselen op de BSO.

Maar knutselen en verven samen met mama is leuk, vindt Anders. Dat komt misschien omdat ze het zelf zo leuk vindt. Daarom luisteren ze ook geen van tweeën naar wat papa aan de telefoon zegt, totdat hij ermee in de keuken komt en zegt: 'Wacht, ik geef je haar even.'

En tegen mama zegt hij: 'De moeder van Elfie.'

Daarbij kijkt hij haar aan met een blik die wil zeggen

dat ze met de telefoon de keuken uit moet gaan.
Maar mama wordt zo in beslag genomen door de
paasversieringen dat ze de telefoon met haar linkerhand aanneemt en met haar rechterhand nog een
paar veertjes vastplakt.
Papa kijkt bezorgd. Hij gaat bij de aanrecht staan en
doet of hij met iets bezig is, maar Anders ziet dat hij
alleen staat te luisteren.
'Hallo,' zegt mama.
Ze luistert een tijdje en zegt: 'Een vlinder? Ja, die is
van mij.'
Anders verstijft helemaal. Hij krijgt nauwelijks adem.
Nu komt mama erachter dat hij haar broche heeft
gepakt. En Elfie krijgt te horen dat het cadeautje dat
hij haar heeft gegeven, gestolen is. Hij weet niet wat
het ergste is.
Dan hoort hij mama zeggen: 'Jawel hoor, hij mocht
hem geven. Ik draag hem nooit meer. Ik hoop dat
Elfie hem mooi vindt.'
Terwijl ze dat zegt, kijkt ze Anders aan. Hij weet het
niet zeker, maar het lijkt of er een klein glimlachje
om haar ene mondhoek ligt.

'In ieder geval bedankt voor je telefoontje,' zegt ze in de hoorn. 'Leuk dat we elkaar even gesproken hebben. Elfie is zo lief. Ik ben heel blij dat Anders en zij het zo goed met elkaar kunnen vinden.'

Dat is te veel voor Anders. Hij barst uit in iets wat het midden houdt tussen lachen en huilen. De veertjes vliegen de lucht in en dalen weer neer. Het glas met verfwater valt om. Bruin water stroomt over de tafel en drupt op de keukenvloer.

Mama maakt gauw een einde aan het telefoongesprek. Ze slaat haar armen om Anders heen.

'Maar mannetje toch,' zegt ze. 'Ben je zo verliefd op haar?'

Papa komt aanlopen met een rol keukenpapier en dept de plas verfwater op.

'Verliefd of niet,' zegt hij, 'je mag niet zomaar zonder toestemming iets van een ander pakken. Laat dat duidelijk zijn.'

'Dat weet Anders,' zegt mama. 'Ja toch?'

Anders knikt.

'Maar o wee als je mijn gouden armband pakt,' zegt mama dreigend. 'Dat is andere koek!'

'Wat heb je daar?' vraagt Filippa, wanneer Elfie met de vlinderbroche op haar jas op school komt.

De paasvakantie is voorbij. Elfies vader is met de paasdagen thuis geweest, maar daarna is hij weer vertrokken naar de filmopnamen waaraan nooit een einde lijkt te komen. Het was maar goed ook, want mama en hij maakten toch alleen maar ruzie toen hij thuis was.

'En je vindt hem mooi,' zegt Filippa.

Het is geen vraag. Filippa vindt de vlinderbroche niks, dat is Elfie wel duidelijk.

'Ja, dat vind ik,' zegt ze nijdig. 'En ik heb hem van Anders gekregen. Als cadeautje voor Pasen.'

Filippa tuit haar mond.

'O, wat snoezig,' zegt ze. 'Snoezig-beeldig-dodderig.'

Elfie snapt er niets van.

'Ik heb het uitgemaakt met Danne,' vertelt Filippa.

'Ik heb hem gisteravond opgebeld en het uitge-maakt.'

'Waarom?'

'Omdat hij een sukkel is,' zegt Filippa. 'En Anders is een nog grotere sukkel. Toe, maak jij het ook met hem uit.'

Uitmaken? Elfie begint helemaal te trillen vanbinnen.

'Ik heb in Sälen de leukste jongen van de hele wereld ontmoet,' gaat Filippa verder. 'Hij heet Sebbe en zit in groep zes van de Nytorpsschool. Hij heeft een vriend die precies bij jou zou passen. Dat zei hij toen ik het vroeg.'

Elfie is met stomheid geslagen. Ergens binnen in haar zitten woorden die zich verdringen om naar buiten te komen, maar haar tong is zo stijf als een stok en doet niet wat ze wil.

'Alsjeblieft,' smeekt Filippa. 'Maak jij het nou ook uit met Anders, dan bel ik vanavond Sebbe op en vraag of hij vrijdag met zijn vriend naar me toe komt.'

Elfie haalt heel diep adem. En dan spuit alles eruit, woorden, afgewisseld met tranen.

'Ben je nou helemaal gek geworden?' schreeuwt ze.
'Moet ík het uitmaken omdat jij een andere jongen hebt ontmoet?'

Filippa staart Elfie aan. Verbazing straalt uit haar ogen. Zo heeft Elfie nog nooit gedaan.

'Sstt,' fluistert ze vlug. 'Schreeuw niet zo, iedereen kijkt naar ons.'

'Jij wilt altijd maar alles beslissen,' schreeuwt Elfie. 'Maar over mij beslis je niet.'

'Doe maar wat je wilt, slome,' zegt Filippa. 'Dan doe ik wat ík wil.'

In de pauze ziet Elfie dat Filippa met Nathalie staat te fluisteren. Ze gniffelen en kijken Elfies kant op. Wanneer ze naar binnen gaan, wijst Nathalie naar de vlinderbroche.

'Klopt het dat je die van Anders hebt gekregen?' vraagt ze.

Elfie knikt.

'Anders is een sukkel,' zegt Nathalie. 'Hoe kan je nu met hém verkering hebben? Of wacht eens, ik weet het al. Er is niemand anders die jou wil.'

Elfie voelt de tranen in haar ogen opwellen. Dat gebeurt altijd wanneer Nathalie of Jossan haar pesten. Of wanneer Elin haar thuis pest. Maar dan ziet ze Anders. Hij kijkt haar een beetje bezorgd aan, alsof hij zich afvraagt waar Nathalie en zij het over hebben. Nathalies woorden glijden als regendruppels van haar af.

'Wat kan mij dat schelen,' zegt Elfie. 'Ik wil ook helemaal niemand anders!'

Eerst vindt Anders het wel fijn dat het uit is tussen Danne en Filippa. Want als ze met z'n vieren zijn, wil Filippa bijna altijd haar zin doordrijven. Maar later merkt hij dat Danne steeds vaker zijn geduld verliest, wanneer hij zegt dat hij 's middags met Elfie heeft afgesproken.

'Meiden,' zegt Danne op superieure toon. 'Die zijn toch lastig! Die denken dat alles om de liefde draait.'

Anders snapt dat Danne wil dat hij het uitmaakt met Elfie. Het is nu voorjaar en Danne wil buiten spelen. Voetballen, of oefenen met werpen in de basketbalmand die Dannes vader bij de oprit naar de garage heeft opgehangen. Soms wil Anders dat ook wel, maar hij wil net zo vaak bij Elfie zijn.

Elfie wil bijna altijd met Anders samen zijn. Filippa trekt nu op school en 's middags het meest op met

Nathalie en Jossan. Filippa heeft verkering met Sebbe en Nathalie met zijn vriend.

Ze mist Filippa. Maar ze heeft er geen spijt van dat ze geweigerd heeft het uit te maken met Anders. Wanneer ze met hem samen is, is ze blij en moedig. Als hij voorstelt om iets te gaan doen, weet ze meteen of ze dat wel wil of niet. En dat zegt ze dan ook. Maar meestal willen ze hetzelfde en hoeven ze er niet eens over te praten. Het is of ze elkaars gedachten kunnen lezen.

Tegen het einde van april begint het gras in de tuinen en de parken bij school al aardig groen te worden. Het is warmer en het ruikt heerlijk, wanneer Elfie 's morgens de buitentrap afloopt.

'Vandaag gaan we met Hoppie de tuin in,' zegt Anders op een middag wanneer ze naar zijn huis lopen. 'Je zult zien hoe blij ze dan is! Ze is sinds september niet meer buiten geweest.'

Hoppie is een binnenkonijn. Dat weet Elfie, omdat Anders haar dat heeft uitgelegd. Als een konijn het hele jaar door buiten in een hok zit, wordt het een buitenkonijn en krijgt het een dikke vacht als bescherming tegen de kou. Maar een binnenkonijn dat gewend is aan de warmte in huis, kan er niet tegen als het in de winter naar buiten mag. Het moet wachten tot het buiten even warm is. Zoals vandaag.

Ze haasten zich naar Anders' huis en pakken vlug wat te eten en te drinken uit de koelkast. Terwijl ze eten praat Anders tegen Hoppie, die over de keukenvloer loopt.

'Straks gaan we naar buiten,' zegt hij met zijn mond vol boterham-met-kaas. 'Hoor je dat, Hoppie? Naar buiten, straks gaan we naar buiten!'

Het lijkt wel of Hoppie het begrijpt, want ze hupt in het rond, stampt met haar achterpoten en beweegt haar oren als een bezetene heen en weer. Ze hebben er alledrie evenveel zin in. Elfie propt haar mond zo vol met brood dat ze bijna niet meer kan slikken.

Als ze klaar zijn en de borden en de bekers van de chocolademelk in de afwasmachine hebben gezet, haalt Anders een blauw tuigje te voorschijn met een riem eraan vast. Dat is voor Hoppie.

'Het is beter om haar eerst nog aan de lijn houden,'

legt hij Elfie uit. 'Pas als ze na een poosje buiten gewend is, kan ze los de tuin in zonder dat ze wegloopt. Maar in het begin is ze altijd een beetje wild. Soms is ze ook bang voor het geluid van een vliegtuig of een auto die door de straat rijdt.'

Anders doet Hoppie het tuigje om en neemt haar onder de arm. Ze lopen de achtertuin in. De keukendeur die uitkomt in de tuin, laten ze open.

Hoppie wordt inderdaad helemaal wild, wanneer ze buiten in de tuin komt. Ze springt, hupt en snuffelt aan het gras. Anders heeft de grootste moeite om haar bij te houden. Wanneer Hoppie een paar rondjes om de kersenboom rent, komt de riem vast te zitten om de stam. Elfie lacht.

Dan gaat binnen in huis de telefoon. Anders geeft het uiteinde van de riem aan Elfie.

'Hou jij haar even vast,' zegt hij.

Elfie pakt de riem aan en Anders verdwijnt de keuken in.

'Met Anders Wallgren,' hoort Elfie hem zeggen, maar dan verstaat ze het niet meer.

Elfie probeert de riem los te maken van de boomstam. Het valt niet mee, want Hoppie rent telkens een andere kant op en rukt dan aan de riem. Als Elfie aan de ene kant om de boom heen loopt, rent Hoppie precies de andere kant op. Maar dan is de riem bijna vrij. Ze moet hem alleen nog even overpakken van haar rechter- in haar linkerhand…

Het gebeurt razendsnel. Een plotselinge ruk aan de riem en Elfie staat met lege handen. Hoppie duikt een paar meter verderop de dichte haag in die een scheiding vormt tussen de tuin en het achterpad.

'Hoppie!' schreeuwt Elfie. 'Blijf! Kom terug!'

Ze rent haar achterna en probeert haar voet op de riem te zetten. Maar voordat ze erbij kan, is Hoppie met riem en al door de haag verdwenen.

'Hoppie!' roept Elfie weer.

Maar ze weet het heus wel: een konijn is geen hond. Dat komt niet terug als je haar roept.

Anders hoort Elfie schreeuwen in de tuin.

'Ik moet ophangen,' zegt hij tegen Danne en legt de telefoon al neer voordat die heeft kunnen antwoorden.

Elfie staat op het tuinpad. Ze ziet eruit als een verlepte bloem: haar hoofd, schouders, armen – alles hangt. Ook haar handen hangen slap en leeg langs haar lichaam.

Anders snapt meteen wat er gebeurd is.

'Welke kant rende ze op?' roept hij naar Elfie.

'Die kant op,' mompelt Elfie en wijst naar het voetpad.

'Schiet op dan!' loeit Anders, terwijl hij begint te rennen.

Vanuit zijn ooghoeken ziet hij dat Elfie tot leven komt en hem volgt.

Ze zoeken echt overal. Ze gaan alle tuinen van het huizenblok af, tillen takken op en kijken onder omgedraaide manden. Aan iedereen die ze tegenkomen, vragen ze of ze een grijs konijn met een blauw tuigje en een riem hebben gezien. Eén moeder met een kinderwagen denkt dat ze een konijn heeft zien langsrennen, maar ze weet het niet zeker. Het kan ook een kat geweest zijn.

Hoe langer ze zoeken, hoe stiller Anders wordt. Elfie denkt dat hij boos op haar is. Dat is hij natuurlijk ook. Het is haar schuld dat Hoppie weg is. Stel je voor dat ze de straat is opgerend en overreden is! Of dat ze zó ver is weggerend dat ze haar nooit meer terugvinden.

Anders houdt ontzettend veel van Hoppie. Meer dan van mij, denkt Elfie. Als ze dat denkt, moet ze bijna huilen, maar ze houdt zich groot. In plaats daarvan probeert ze Anders wat op te vrolijken.

'We vinden haar vast wel,' zegt ze. 'Zó ver kan ze toch niet zijn.'

Maar ze weet net zo goed als Anders dat een konijn een flink eind kan rennen in één, twee uur, of hoe

lang ze nu al zoeken. Misschien zijn ze in het begin
de verkeerde kant opgegaan. Misschien is Hoppie al
helemaal bij het bos, in de buurt van Elfies oude kin-
dercrèche. Daar vinden ze haar nooit.

'Het heeft geen zin meer,' zegt Anders. 'Ik ga naar
huis.'

Hij zegt: 'Ik ga naar huis.' Niet: 'Kom, dan gaan we
naar mijn huis.'

'Weet je zeker dat we niet verder moeten zoeken?'
vraagt Elfie.

Anders schudt zijn hoofd. Hij ziet er verdrietig uit.

'Oké dan,' zegt Elfie.

'Mmm,' mompelt Anders.

'Dag,' zegt Elfie.

'Dag,' zegt Anders. Hij draait zich om en loopt weg.

Elfie blijft staan en ziet zijn rug langs het pad verdwijnen.

Wanneer Anders thuiskomt, staat de keukendeur nog steeds open. Gelukkig zijn papa of mama nog niet thuis, anders zouden ze gezien hebben dat hij het huis open had gelaten. Hij doet zijn schoenen uit bij de keukendeur en luistert bij de keldertrap. Bij Danne thuis is een keertje ingebroken. Toen zijn moeder thuiskwam, zaten de dieven nog steeds in de kelder. Anders is bang voor inbrekers. Zachtjes doet hij de deur tussen de keuken en het gangetje naar de keldertrap dicht, zodat niemand kan horen dat hij er is. Daarna kijkt hij of er misschien iemand in huis kan zijn geweest. Maar alles ziet er heel normaal uit. De tv, stereo en magnetron staan op hun vaste plek. En er zijn geen voetafdrukken op de vloerkleden. Anders gaat naar zijn kamer en probeert een spelletje te spelen op de computer. Maar het gaat niet. Hij

moet steeds aan Hoppie denken. Daarom belt hij
Danne maar op.

Danne is boos dat Anders eerder zo plotseling had
opgelegd. Anders legt uit dat dat kwam omdat Hoppie was weggerend.

'Heb je haar weer gevonden?' vraagt Danne.

'Nee,' antwoordt Anders.

Hij krijgt een dikke keel wanneer hij dat zegt.

'Hoe kwam dat dan?' vraagt Danne.

Anders vertelt.

'Typisch iets voor meisjes,' zegt Danne. 'Ik zei het
toch al. Ze zijn niet te vertrouwen.'

'Nee,' antwoordt Anders. 'Nee, dat is zo.'

Hij weet dat hij onredelijk is. Hij weet hoe verdrietig
Elfie is dat Hoppie is verdwenen. Maar dat kan hem
niets schelen.

Het is toch haar schuld.

Elfie kan nog net thuis de deur achter zich dichtdoen
of de tranen stromen al. Het is pijnlijk, want Elin zit
met twee vriendinnen in de keuken en begint onmiddellijk.

'Heeft hij het uitgemaakt?' vraagt ze op haar peste-rigste toontje. 'Die kleine Anders?'

De ene vriendin lacht. De andere zegt: 'Ach, laat haar toch!'

Maar het klinkt niet of ze het meent.

Elfie doet alsof ze het niet hoort. Ze vlucht de trap op en gooit zich op bed. Ze huilt en huilt maar. Om Hoppie, die misschien wel dood is, of voorgoed ver-dwenen. Om Anders, die niet meer om haar geeft. Om zichzelf, omdat ze zo vreselijk stom en onhan-dig is.

'Er is vast iemand die zich om haar heeft bekommerd,' zegt mama tegen Anders. 'Ze is natuurlijk een tuin ingelopen en iemand heeft haar gevangen en mee naar binnen genomen. We zullen briefjes ophangen.'

Papa helpt Anders om een briefje te maken op de computer. 'Grijs konijn weggelopen', staat er. 'Vrouwtje, twee jaar oud. Met tuigje en riem. Ze heet Hoppie en houdt van rucolasla. Tel. 648 49 03.'

Ze maken er 30. Met nietpistool en plakband gaan ze samen op weg en hangen overal in de buurt briefjes op: op straatlantarens, boomstammen en elektriciteitshuisjes. Ze hangen zelfs een briefje op het prikbord in het buurthuis en het supermarktje.

'Ziezo,' zegt papa. 'Dan gaan we nu naar huis en wachten tot er iemand belt.'

Maar er belt niemand, de hele avond niet.

Voordat Anders gaat slapen, moet hij zijn gymkleren

in zijn rugzak doen. Ze zijn schoon en hangen in de wasruimte.

In het gangetje naar de keldertrap moet hij weer aan de inbrekers denken. Hij wordt weer een beetje bang. Voorzichtig begint hij de trap af te lopen. Wanneer hij halverwege is, hoort hij een geluid uit de kelder. Het ritselt, en daarna klinkt er een plof.

Anders rent de trap weer op.

'Er zit iemand in de kelder!' roept hij.

'Hoe kan dat nou?' vraagt zijn vader. 'Hoe zou die dan zijn binnengekomen?'

Dan moet Anders opbiechten dat hij vergeten is de keukendeur achter zich dicht te doen, toen hij was weggerend om Hoppie te zoeken.

'Hmm,' zegt papa. 'Maar als het een dief was, zou die allang met onze spullen zijn vertrokken. Die blijft niet de hele avond in de kelder zitten. Kom, dan gaan we naar beneden.'

Papa loopt vóór hem de trap af. Anders volgt. Wanneer ze bijna beneden zijn, horen ze het geluid weer.

Ritsel, ritsel, plof, plof.

Opeens weet Anders wat het geluid is.

'Hoppie!' gilt hij, terwijl hij langs papa de wasruimte instormt.

Daar hupt Hoppie almaar in het rond. De riem is blijven haken achter een stoelpoot bij de naaimachinetafel.

Anders laat zich op de grond vallen en maakt de riem los. Dan neemt hij Hoppie in zijn armen en verbergt zijn gezicht in de grijze vacht.

Wanneer Hoppie sla heeft gegeten en in het hok in slaap is gevallen, bedenkt Anders zich dat hij Elfie moet bellen om het haar te vertellen.

'Het is al halfelf,' zegt papa. 'Is dat niet te laat?'

'Laat hem toch,' antwoordt mama. 'Je hoort toch dat het belangrijk is?'

Elfie ligt al in bed, als de telefoon gaat. Maar ze slaapt niet. Ze zal nooit meer kunnen slapen.

'Anders voor jou,' zegt mama. 'Op dit late uur! Hij zegt dat het belangrijk is.'

Elfie schiet als een speer uit haar bed. Op blote voeten rent ze de trap af.

'Hallo,' zegt ze hijgend. 'Met Elfie.'

'We hebben Hoppie gevonden,' klinkt Anders' stem door de hoorn. 'In de kelder.'

'In de kelder?'

Elfie snapt er niets van.

'Waarschijnlijk is ze helemaal niet zo ver weggerend,' zegt Anders. 'Misschien heeft ze zich alleen achter de haag verstopt. En is toen van iets geschrokken en de kelder ingerend. Daar is ze met de riem blijven haken en kon toen niet meer loskomen.'

'Ik was zo bang,' zegt Elfie. 'Dat je boos op me zou zijn. Altijd.'

'Elfie,' roept mama. 'Nu moet je ophangen. Het is al heel laat.'

'Ik ben niet boos,' antwoordt Anders. 'We zien elkaar morgen.'

'Ja,' zegt Elfie. 'We zien elkaar morgen.'

Morgen, en de dag daarna, en de volgende dag weer. Elke dag zien ze elkaar, op school en bij Anders thuis. Elfie kan zich nauwelijks meer herinneren hoe het was voordat ze met Anders ging. En ze kan zich evenmin voorstellen hoe het zou zijn als ze elkaar niet steeds zouden zien.

In de klas is iedereen eraan gewend dat Elfie en Anders met elkaar gaan. Er is niemand meer die gniffelt of hen vreemd aankijkt, zoals in het begin. Het is nu net zo vanzelfsprekend als het feit dat Ruben en Joel eeuwig ruzie hebben of dat bijna alle jongens verliefd zijn op Nathalie.

Maar Elfies moeder maakt zich zorgen om haar.

'Waarom doe je tegenwoordig nooit meer iets met Filippa?' vraagt ze. 'Hebben jullie ruzie?'

Elfie weet niet hoe ze het mama moet uitleggen. Filippa en zij hebben heus geen ruzie, maar ze hebben alleen niet meer zoveel om over te praten.

'Is er wat gebeurd?' houdt mama aan. 'Dan kun je dat toch zeggen?'

'Het komt omdat ik verkering heb met Anders,' antwoordt Elfie. 'Dat vindt ze maar niks.'

Mama zucht.

'En als de liefde straks nu eens over is?' zegt ze. 'Dan heb je helemaal niemand meer.'

Waarom zou de liefde overgaan? Elfie weet zeker dat dat niet zal gebeuren. Maar ze is toch blij wanneer Filippa weer haar beste vriendin wil zijn, net als vroeger. Sebbe heeft het uitgemaakt en Nathalie trekt weer met Jossan op.

Filippa zegt niet meer dat Elfie het moet uitmaken met Anders. Integendeel, ze wil juist graag met Anders en Danne op het schoolplein praten. Misschien heeft ze er spijt van dat ze het met Danne heeft uitgemaakt, denkt Elfie. Misschien wil ze dat het weer aan komt.

Elfie betwijfelt of dat goed zou zijn. Anders en zij zijn eraan gewend om samen op te trekken. Met Anders samen is ze anders dan wanneer ze met anderen is, zelfs met Filippa. Bij Anders is ze nooit bang dat ze iets verkeerds zegt of stomme dingen doet. Ze kan gewoon zichzelf zijn, want ze weet dat hij om haar geeft.

Anders is toch wel een beetje opgelucht dat Elfie en Filippa weer vriendinnen zijn. Niet omdat hij er genoeg van heeft om met Elfie op te trekken, beslist niet. Maar soms wil hij wat met Danne doen en dan wil hij niet dat Elfie alleen is.

Op een zaterdag belt Elfie hem op om te zeggen dat Filippa en zij gaan picknicken.

'Danne en jij zijn ook uitgenodigd,' zegt ze. 'Om twee uur. Je hoeft niks mee te nemen. Wij zorgen voor alles.'

Anders belt Danne op om het hem te zeggen. Eerst wil Danne niet, maar daarna stemt hij toe.

Elfie en Filippa hebben een plaid uitgespreid op de grond. Daarop zetten ze limonade en zelfgebakken koekjes. Danne laat zich op de plaid vallen en stoot daarbij per ongeluk een glas limonade om die over Filippa's lichte broek stroomt. Maar Filippa zegt dat het niet erg is.

De koekjes zijn keihard. Toch eet Anders er twee. Filippa is bijna onafgebroken aan het woord. Elfie zegt niet zoveel.

Wanneer ze klaar zijn, vraagt Elfie aan Anders of hij met haar meegaat naar het grote rotsblok iets verderop op de helling. Ze zegt dat ze hem iets wil laten zien. Ook Danne maakt aanstalten om overeind te komen, maar Elfie schudt haar hoofd.

'Alleen Anders,' zegt ze.

Danne grijnst en laat zich weer op de plaid terugvallen.

Anders en Elfie lopen naar het grote rotsblok.

'Wat wilde je me laten zien?' vraagt Anders.

'Niets,' zegt Elfie.

'Hè?'

Elfie glimlacht.

'Filippa wil met Danne praten,' zegt ze. 'Alleen.'

Als ze weer terugkomen bij de plaid, ziet Elfie direct dat het niet goed is gegaan. Danne en Filippa zitten ieder op een punt, zo ver mogelijk bij elkaar vandaan. Danne heeft zijn gameboy gepakt en kijkt niet op of om. Filippa ziet er boos en verdrietig uit. Ze zegt dat ze naar huis moet. Samen vouwen ze de plaid op.

Elfie wil het liefst met Anders mee naar huis. Ze hebben elkaar maar zo kort gezien. Maar ze begrijpt dat Filippa van haar verwacht dat ze samen naar huis gaan, en ze kan haar nu niet teleurstellen.

'Wat is er gebeurd?' vraagt ze, wanneer ze een eindje hebben gelopen.

'Hij is achterlijk,' antwoordt Filippa.

Meer wil ze niet zeggen.

'Waarom nou?'

Elfie kan het niet laten om te schreeuwen. Ze weet dat het niet helpt, dat mama niet van mening verandert, maar ze kan het toch niet laten.

'Waarom nou? We gaan toch nooit vóór midzomer op vakantie?'

'Rustig maar,' zegt mama. 'Ik dacht dat je blij zou zijn. Je vindt het toch altijd fijn op het platteland?'

Natuurlijk vindt Elfie het fijn op het platteland, in het kleine rode huisje aan het meer, waar ze iedere zomer is geweest, zolang als ze zich kan herinneren. En natuurlijk wil ze daar deze zomer ook naartoe, maar niet meteen na de laatste schooldag. Niet vóór het midzomerfeest, want dan vertrekt Anders met zijn ouders naar Griekenland. En daarna gaat hij eerst naar een voetbalkamp, dan naar zijn opa en oma in Hälsingland en ten slotte nog een week naar het zomerhuisje van Danne. Hij is de hele zomer weg, op die eerste twee weken na. Dan is hij thuis in Enskede, en Elfie dacht dat zij dat ook zou zijn. Tot vandaag.

Ze hebben zoveel plannen gemaakt. Ze zouden naar het Söderbymeer fietsen en daar gaan zwemmen. Ze zouden een hut bouwen. Ze zouden met Anders' ouders gaan kanovaren en in een tent slapen.

'We gaan een heerlijke lange zomer tegemoet met z'n allen,' zegt mama. 'De hele familie. Weet je… papa en ik hebben een tijdje wat problemen gehad. Hij was ook zoveel weg. Maar nu heeft hij gezegd dat hij de hele zomer met ons in het huisje wil doorbrengen. Is dat niet fijn?'

'Nee, helemaal niet!' schreeuwt Elfie. 'Jullie denken alleen maar aan jezelf. Niet aan mij!'

'Maar wat is er dan zo belangrijk?' vraagt mama. 'Die twee weken? Heeft het soms met Anders te maken? Want in dat geval…'

Elfie veert op.

'… in dat geval,' gaat mama verder, 'wil hij vast wel een paar dagen komen logeren. Op je verjaardag misschien? Zou dat wat zijn?'

Elfie is 14 juli jarig. Ze viert het meestal in het zomerhuis, met wat neefjes en nichtjes en een paar kinderen uit de omgeving. Soms komt Filippa ook. Midden juli, dan is Anders terug uit Griekenland. Misschien is dat te regelen?

'Veertien juli?' herhaalt Anders' moeder. 'Eens kijken, we komen de dertiende terug uit Griekenland. En de vijftiende moet Anders zich 's ochtends bij het voetbalkamp op Värmdö melden.'

Elfie krijgt een klont in haar maag van teleurstelling. Het gaat dus niet.

'Hij kan dus niet een paar dagen blijven,' zegt Anders' moeder, 'maar vanzelfsprekend komt hij wel op je verjaardag. Ja toch, Anders?'

'Natuurlijk,' zegt Anders.

'Hoe lang rijd je erover naar jullie zomerhuis?' vraagt Anders' moeder.

'Ongeveer twee uur. Of twee en een half.'

'Dan brengen wij hem 's ochtends,' zegt Anders' moeder. 'En dan halen we hem 's avonds weer op. Wij maken die dag een uitstapje. Er valt vast wel iets te bekijken in de omgeving.'

'Jouw moeder is echt heel erg aardig,' zegt Elfie tegen Anders, wanneer ze even later in de tuin zitten.

'Vind je?' vraagt Anders.

Hij heeft er nooit over nagedacht of zijn moeder erg aardig is. Ze is zijn moeder, natuurlijk is ze aardig. Vindt hij.

'Mijn moeder zou nooit zo'n eind op en neer rijden alleen omdat ik zo nodig naar jouw feestje moest,' zegt Elfie. 'Dat zou ze veel te vermoeiend vinden.'

'O,' zegt Anders.

Soms wordt hij een beetje moe wanneer Elfie over ingewikkelde dingen wil praten. Op de een of andere manier kan hij daar met zijn hersens niet bij.

'Wat wil je voor je verjaardag hebben?' vraagt hij dus maar.

'Ik weet niet,' antwoordt Elfie. 'Ik hoef niks. Ik heb die vlinderbroche toch al gekregen.'

In de laatste twee weken op school is het zomers warm. Iedereen heeft zijn zomerkleren aan. Het laatste weekend voor de vakantie fietsen Elfie en Anders naar het Söderbymeer om te zwemmen. Het water is ijskoud, maar dat geeft niet, want ze zijn erg warm en bezweet van de fietstocht.

's Nachts slapen ze in de tent in Anders' tuin. Zijn vader helpt hen bij het opzetten. Ze dragen matrasjes, slaapzakken, kussens, stripbladen, een zaklamp en een grote zak snoep naar buiten. Wanneer ze in hun slaapzakken liggen, komt Anders' moeder bij hen kijken.

'Slaap lekker,' zegt ze, terwijl ze eerst Anders en daarna Elfie een zoen op de wang geeft.

Elfie heeft nog nooit in een tent geslapen. En ook nooit in een slaapzak.

Ze ligt op haar rug en kijkt naar boven. Het is nog

steeds heel licht buiten. Het licht dat door het tent-
doek naar binnen komt, is helemaal groen.

'Je gezicht is groen,' zegt Anders. 'Je lijkt wel een
spook.'

'Dat ben ik ook,' zegt Elfie. 'Een mummiespook.'

'Ik ben er ook een,' zegt Anders.

Elfie beweegt wat met haar armen en benen om te
voelen hoeveel ruimte ze in haar slaapzak heeft.
Daarna draait ze een keer helemaal om haar as naar
het midden van de tent en knalt tegen Anders aan.

'Wat doe je?' vraagt Anders.

'Ik voel me net een rups,' zegt Elfie. 'Of zo'n pop die
in een vlinder verandert.'

'Ik ben ook een rups,' zegt Anders, en begint te draai-
en en te kronkelen in zijn slaapzak.

Ze slingeren, kruipen en wurmen tot hun gezichten
knalrood zijn. Dan komen ze uit hun slaapzakken
om af te koelen. Ze gaan dicht tegen elkaar aan zitten en lezen stripbladen. Anders houdt de zaklamp
vast en Elfie slaat de bladzijden om.

Na een poosje krijgt Elfie het koud en kruipt weer in
de slaapzak. Maar ze wordt niet warm.

'Ik heb het koud,' klaagt ze.

'Zal ik je warm maken?' vraagt Anders.

'Ja,' zegt Elfie.

Anders wurmt zich naast haar in de slaapzak. Het gaat precies. Anders' haar kriebelt in Elfies gezicht. Ze kietelt hem terug en de slaapzakrups wordt helemaal wild.

Als ze na een tijdje uitgekieteld zijn, zoenen ze elkaar. Dat doen ze tamelijk lang.

Daarna vallen ze in slaap.

Anders wordt midden in de nacht wakker omdat hij hoognodig moet plassen. Voorzichtig, om Elfie niet wakker te maken, trekt hij de rits naar beneden en wurmt zich uit de slaapzak. Hij stapt in zijn schoenen, doet de tent open en kruipt naar buiten.

Het is fris buiten, maar niet koud. Vanuit de tuin van de buren komt de geur van gemaaid gras. De hemel is bezaaid met sterren.

Binnen in huis zijn alle lichten uit. Papa en mama slapen. In de tent slaapt Elfie. Hij is de enige die wakker is.

Alleen in de nacht.

Hij is niet bang in het donker of bang om alleen te zijn. Hij is alleen een beetje treurig, maar tegelijk ook blij.

Hij denkt aan Elfie. Het doet haast pijn om zoveel van iemand te houden als hij van haar houdt. Wanneer Anders weer terugkomt in de tent, gaat hij in zijn eigen slaapzak liggen. Hij heeft ijskoude voeten. Die wil hij niet tegen de warme, slapende Elfie aan leggen. Maar hij rolt wel haar kant op, zodat de slaapzakken dicht tegen elkaar aan komen te liggen. Zo dicht dat hij haar adem op zijn gezicht voelt.

Op de laatste schooldag heeft Elfie een nieuwe jurk en nieuwe schoenen aan. Op weg naar de kerk kijkt ze heel goed uit dat ze niet in een plas water stapt. Gisteren scheen de zon nog en was het warm. Vandaag is de lucht grijs en giet het van de regen. Elfie rilt in haar jurk en haar dunne jas. De seringen die ze gisteren voor Jessica had geplukt, zijn één natte bos.

Elin heeft het nog kouder, want zij heeft alleen een kort rokje aan met een T-shirtje dat haar blote buik laat zien. Daarbij draagt ze een paar nieuwe schoenen met hoge hakken, waardoor ze wiebelt en maar langzaam vooruitkomt. Elfie wordt ongeduldig, en mama ook.

'Lieve Elin,' zegt ze, 'wat moet je nou met schoenen waarop je niet kunt lopen?'

'Dat kan ik wél,' sist Elin.

'Ga jij maar vast vooruit, Elfie,' zegt mama. 'Dan blijf je misschien nog een beetje droog.'

Anders en zijn ouders zijn ruim op tijd voor de afsluitingsbijeenkomst. Mama en papa lopen naar binnen en gaan zitten op een van de banken. Anders blijft buiten staan. Hij houdt van regen.

Een stoet van bontgekleurde en zwarte paraplu's komt aangewandeld over de straat en het pad naar de kerk. Het ziet er grappig uit. Het lijken wel grote bloemen of paddestoelen die aan de wandel zijn.

Daar verschijnt een klein, roodgeruit parapluutje met daaronder een blauwe jurk, twee spillebeentjes en witte schoentjes. Wat slierten nat haar slingeren heen en weer, wanneer de voeten vlug het pad oprennen.

Daar is ze.

Maar voordat Elfie bij hem is, heeft Jessica hem al bij zijn arm gepakt.

'Je moet hier toch niet blijven staan,' zegt ze. 'Je wordt kletsnat. Heb je niet gehoord dat ik zei dat de klas zich binnen moest verzamelen?'

'Ik wacht op Elfie,' antwoordt Anders.

Jessica glimlacht.

'Goed,' zegt ze. 'Maar kom daarna meteen naar binnen allebei!'

De bijeenkomst is afgelopen. De klas van Elfie en Anders stond samen met de andere groep vijf vooraan in de kerk en heeft 'Pippi's zomerlied' gezongen. Ze hebben geluisterd naar de liedjes van de andere klassen, en iedereen heeft 'De bloementijd is nu aangebroken' gezongen. Daarna zijn ze teruggegaan naar hun klaslokaal, waar Jessica het hele schoolbord had volgetekend met bloemen en er met zwierige letters 'Een mooie zomer!' bij had geschreven. Nu is het schooljaar afgesloten.

'Ga je naar de BSO?' vraagt Elfie.

'Nee,' antwoordt Anders. 'Mama is vandaag thuis. Dat is ze altijd op de laatste schooldag. We maken dan meestal een uitstapje, maar met die regen gaat dat nu natuurlijk niet.'

'We vertrekken morgen naar ons zomerhuis,' zegt Elfie, ook al weet ze dat Anders dat weet.

Ze is teleurgesteld. Ze had gedacht dat ze naar de BSO zouden gaan en daar zouden lunchen. Dan konden ze daarna naar Anders' huis, net als altijd. Want het is de laatste keer in vijf weken dat ze elkaar zullen zien.

'Wil je soms mee?' vraagt Anders.

'Maar je moeder heeft toch vrij…' begint Elfie.

'Dat maakt niet uit,' antwoordt Anders. 'Ze vindt het leuk als je meekomt.'

'Echt waar?'

'Ja.'

'Goed dan,' zegt Elfie. 'Maar ik moet het wel even op de BSO gaan zeggen.'

Anders' moeder neemt hen mee naar een museum waar ze maskers en miniatuurmodellen van indianententen mogen maken. Ze lunchen in het restaurant van het museum. Daarna gaan ze met de bus en de metro weer naar huis. Dat duurt lang.

Elfie heeft nog steeds haar nieuwe jurk aan. Anders heeft zich verkleed voor ze naar het museum gingen. Dat vindt Elfie jammer. Hij zag er zo knap uit in zijn spierwitte overhemd, dat zo mooi afstak tegen zijn donkere huid.

Wanneer ze bij Anders thuis komen, regent het nog steeds. Ze lopen naar boven naar zijn kamer en gaan naast elkaar op bed zitten. Het is vier uur. Over een uur moet Elfie naar huis om haar spullen te pakken. Ze vertrekken morgenochtend heel vroeg.

'Zeg Elfie,' zegt Anders.

'Ja, wat is er?'

'Nee, laat maar.'

Ze zwijgen een tijdje. Elfie voelt zich een beetje plechtig. Vandaag zijn Anders en zij anders dan anders.

'Elfie?' begint Anders weer.

'Ja?'

'Ik hou van jou,' zegt Anders.

Zijn stem klinkt ernstig, bijna volwassen.

'Ik ook van jou,' antwoordt Elfie.

'Dat weet ik,' zegt Anders. 'Ik kom op je verjaardag.'

'Ik zal de hele tijd aan je denken,' antwoordt Elfie.

'Dat kan niet,' zegt Anders.

Nu klinkt hij weer normaal.

'Dat kan niet. Niet als je slaapt.'

De eerste week nadat Elfie naar hun zomerhuisje is vertrokken, denkt Anders bijna onafgebroken aan haar. Hij denkt aan haar wanneer hij Hoppie eten geeft, wanneer hij 's ochtends wakker wordt en voordat hij gaat slapen. Hij belt haar drie keer op en zij hem vier keer.

De tweede week denkt hij al een stuk minder aan haar. Hij belt maar één keer. Elfie belt die week ook vier keer.

De laatste keer dat ze hem belt, is op de avond voor zijn vertrek naar Griekenland. Anders heeft Hoppie dan al bij de buren gebracht. Die zullen voor haar zorgen als zij weg zijn. Mama heeft hem geholpen zijn kleren en spullen in de rugzak te doen. Zijn snorkel en duikbril liggen bovenop.

'Wat is jullie telefoonnummer in Griekenland?' vraagt Elfie. 'Van het hotel?'

'We zitten niet in een hotel,' antwoordt Anders. 'We

trekken rond. Per boot. En slapen op verschillende plaatsen, bij mensen die een kamer verhuren. Daar is geen telefoon. Papa heeft zijn mobieltje bij zich, maar het is heel duur om te bellen. Het is niet eens zeker dat je van een eiland kán bellen.'

'O,' zegt Elfie.

Ze klinkt teleurgesteld.

'Ik stuur een kaart,' antwoordt Anders. 'Of een paar. En daarna kom ik.'

'Mmm,' zegt Elfie. 'Veel plezier.'

'Ja,' zegt Anders. 'Jij ook. Tot ziens.'

'Dag,' zegt Elfie.

Wanneer Anders de hoorn neerlegt, voelt hij dat hij nog iets had moeten zeggen. Maar hij weet niet wat.

Nog nooit van haar leven heeft Elfie zich zo verveeld in het zomerhuis. Het blijft maar regenen en het is koud, dus ze kunnen niet zwemmen. Haar neefjes en nichtjes, die een zomerhuisje vlakbij hebben, komen pas met midzomer. En de andere families uit de buurt ook. Alleen Elin en haar vriendin Madde zijn er. Als Madde er niet was geweest, had Elfie misschien met Elin kunnen optrekken. Maar nu roepen ze alleen maar 'wegwezen!' zodra Elfie bij hen in de buurt komt.

'Weet je zeker dat je Filippa niet wilt vragen?' vraagt Mama. 'Dan ben je niet alleen.'

Maar Elfie wil niet dat Filippa komt. Ze wíl juist alleen zijn. Ze wil dat mama en papa inzien hoe dom ze waren toen ze besloten om zo vroeg naar het zomerhuis te gaan. Ze wil dat ze begrijpen dat zij bij Anders wil zijn.

Maar dat lijken ze niet te snappen. Mama heeft een geweldig goed humeur en neuriet terwijl ze gaten graaft in de tuin om nieuwe bessenstruiken te planten. Papa vervangt de kapotte dakpannen en geeft het schuurtje een schilderbeurt. 's Middags drinken mama en hij koffie op de veranda achter het glas en praten zacht met elkaar. Af en toe staan hun gezichten ernstig, maar meestal kijken ze blij.

Elin en Madde zitten in het schuurtje en vertellen elkaar geheimen. Elfie is nergens welkom. Met Anders praten door de telefoon is het enige leuke.

Na de eerste twee weken gaat het beter. De neefjes en

nichtjes zijn gekomen voor het midzomerfeest, net als de andere families met kinderen. Elfie speelt het meest met haar nichtje Emilie, maar soms ook vormen ze één grote groep, zoals ze 's zomers altijd hebben gedaan. Elin doet ook mee, want Madde is nu naar huis. Het weer wordt warmer en ondanks het koude water zwemmen ze veel in het meer.

Soms ziet Elfie een blauwe vlinder voorbijfladderen. Dan denkt ze aan Anders. Ze mist hem bijna iedere dag. Op de muur boven haar bed heeft ze een vel papier opgehangen met daarop 36 streepjes, voor iedere dag één. Elke avond voor het slapengaan krast ze één streepje door. Wanneer mama en papa vragen wat ze aan het aftellen is, zegt ze dat het de dagen tot haar verjaardag zijn.

Maar eigenlijk zijn het de dagen tot Anders komt, die ze telt.

Anders stuurt Elfie drie ansichtkaarten.
De eerste schrijft hij op de boot op weg naar de
Griekse eilanden. Eigenlijk valt er dan nog niet zoveel
te vertellen. Er is niet veel méér gebeurd dan dat ze
een paar uur in een vliegtuig hebben gezeten, in een
vies hotel in Athene hebben geslapen en met hun
rugzak op de rug de metro naar de haven van Piraeus
hebben genomen.
De tweede kaart stuurt hij van een eiland dat Sifnos
heet. Daar zijn ze bijna een week geweest, en ditmaal
heeft Anders wel veel te vertellen: over het strand dat
maar een paar meter van het huis waar ze logeren
vandaan ligt, over de rotsen waar je kunt duiken en
snorkelen, over het lekkere eten en de Griekse woorden die hij heeft geleerd. Zijn vader heeft hem een
boekje met Griekse woorden en uitdrukkingen gegeven. Hij bladert erin en vindt: 'Je ogen zijn als ster-

ren.' Een beetje dom, maar wel mooi. Dat schrijft hij naar Elfie. In het Grieks.

Daarna trekken ze verder en Anders is zo druk bezig met het verkennen van de nieuwe plaatsen waar ze komen, dat hij bijna vergeet om Elfie te schrijven. Wanneer er nog maar een week van de vakantie over is, zegt mama dat het de hoogste tijd is om de laatste kaarten naar huis te sturen; anders komen die pas aan als ze al thuis zijn. Ze gaat buiten op een terrasje zitten met een stapel kaarten voor zich. Anders vraagt of hij er eentje mag om aan Elfie te sturen. Dat mag. Mama heeft niet van die hele mooie kaarten gekocht, vindt Anders. Op een ervan staat alleen maar een stoel. Op de meeste andere staan Griekse oude mannen en vrouwen. Maar hij vindt er een met een poes. Die vindt Elfie vast mooi.

Maar is dat wel zo? Opeens weet Anders niet meer wat Elfie mooi vindt, of hoe ze is. Hij doet zijn ogen dicht en probeert zich haar voor de geest te halen, maar het lukt niet. Blond haar en blauwe ogen, dat weet hij natuurlijk wel. Maar hij kan haar niet vóór zich zien.

'Hallo Elfie,' schrijft hij. 'Met mij gaat het goed. We zijn op een heleboel eilanden geweest. Ik ben de namen vergeten. Het is mooi hier in Griekenland. Vrijdag nemen we de boot terug naar Athene. Zaterdag vliegen we naar huis. Ik zie je op je verjaardag. Groeten, Anders.'

Elfie bewaart Anders' kaarten en prikt ze met spelden boven haar bed, naast het papier met de streepjes. Ze trekt zich er niets van aan dat Elin haar ermee plaagt. Op de eerste kaart staat een zonsondergang op zee. Op de tweede springende dolfijnen. Dat is de mooiste kaart. De achterkant is helemaal volgeschreven. Er staat iets op in rare letters. Mama zegt dat het Grieks is, maar ze kan het niet lezen. Op de laatste kaart staat een poes die naast een bloempot zit. Die komt op vrijdag, twee dagen voor haar verjaardag. Ze had net het één na laatste streepje op het papier boven haar bed doorgekrast.

Nu zit hij op de boot, denkt Elfie als ze de kaart leest. Morgen vliegt hij naar huis. En overmorgen komt hij hierheen.

Het eerste dat Anders doet als hij thuiskomt van vakantie, is Hoppie halen. Hij zit met het konijn op schoot op de keukenvloer en praat tegen haar. 'Kleine Hoppie,' zegt hij. 'Heb je me gemist? Ik jou heel erg, hoor.'

Mama kijkt hem glimlachend aan.

'Ik vraag me af wie jij het meest hebt gemist,' zegt ze. 'Hoppie of Elfie.'

Anders denkt na. Ja, hij heeft Elfie gemist. Vooral in het begin. Maar nu?

Hij weet het niet.

Elfie wordt zondagochtend al heel vroeg wakker. Dat is altijd op haar verjaardag. Ze weet niet hoe laat het is, want hier buiten op het platteland draagt ze nooit een horloge en in de zomer zijn de nachten heel licht.

Ze ligt te woelen in haar bed en probeert weer in

slaap te komen, maar ze luistert tegelijkertijd of ze geen voetstappen op de trap of geluiden uit de keuken hoort. Ze hoort niets, alleen vogels die buiten zingen. Uiteindelijk waagt ze het erop en sluipt naar beneden, naar de keuken, om een glas water te drinken. De keukenklok wijst kwart over vier aan. En ze weet dat mama, papa en Elin op z'n vroegst om halfacht voor haar zullen komen zingen.

Als je zo 's nachts in je eentje wakker bent, komen de raarste gedachten naar boven. Elfie denkt aan de laatste ansichtkaart van Anders, die met de poes. Die was zo saai geschreven. Of ze elkaar bijna niet kenden. Of zijn moeder tegen hem had gezegd: 'Vergeet nou niet om Elfie een kaart te sturen' en Anders had gezegd: 'Jaja, komt in orde!'

Gistermiddag is hij thuisgekomen. Hij had kunnen bellen om te zeggen dat hij thuis was en dat het leuk was dat ze elkaar weer zouden zien. Maar dat heeft hij niet gedaan. Elfie vraagt zich af wat Anders gisteren heeft uitgevoerd. Wat er belangrijker was dan haar opbellen.

De gedachten malen maar door haar hoofd. Ze

wordt er helemaal duizelig van. Ten slotte wordt ze
er zo moe van dat ze in slaap valt.

Klokslag halfacht wordt ze gewekt door drie stemmen die 'Lang zal ze leven' zingen. Mama staat in de
deuropening met een taart met tien brandende
kaarsjes erop. Achter haar staan een slaperige Elin en
papa met zijn armen vol pakjes.
'Nee maar, sliep je nog?' vraagt mama. 'Dat is nog
nooit gebeurd!'
Elfie vertelt maar niet dat ze al veel eerder wakker is
geweest. Ze gaat overeind zitten in bed en blaast de
kaarsjes uit. Papa legt de stapel cadeautjes op haar
schoot.
'Deze moet je het eerst openmaken,' zegt Elin, terwijl
ze een klein vierkant pakje boven op de andere legt.
Elfie maakt het open. Het is een cd. Van een of andere zanger. Ze kent hem niet.
'Die is supercool,' zegt Elin. 'Echt waar!'
Van mama en papa krijgt Elfie een eigen cd-speler
voor op haar kamer, een trui, drie boeken, een tas en
een spelletje. Opa en oma hebben een portemonnee

gestuurd met daarin een briefje van vijfentwintig, en de andere oma heeft zoals altijd een bioscoopbon gestuurd.

Elfie is blij met haar cadeaus, maar ze is ongeduldig. Om twee uur begint het feestje. Dan komen Emilie en haar oudere broer Erik, Eriks vriend Niklas en zijn broertje, en Sofia en Petra die in het gele huis vlak bij het strandje wonen.

En Anders.

Anders trekt het witte overhemd van de laatste schooldag aan. En zijn mooiste broek. Op Elfies verjaardag wil hij er netjes uitzien.

Maar dan belt Danne aan en vraagt of hij komt basketballen. Mama vindt het goed. Het is pas tien uur en ze vertrekken niet voor halftwaalf.

'Wel op tijd thuiskomen, hè!' waarschuwt ze.

Anders kleedt zich om, trekt een T-shirt en een korte broek aan en gaat met Danne mee. Ze stuiteren, dribbelen en werpen, en Anders vergeet helemaal de tijd. Hij vergeet zelfs Elfies feestje, totdat hun auto toetert voor de oprit. Papa hangt uit het raam.

'Spring er vlug in!' roept hij. 'Het is al tien over halftwaalf!'

'Maar m'n overhemd...' begint Anders.

'Het is wel goed zo,' zegt mama. 'Het feestje is toch buiten.'

Anders gaat op de achterbank zitten. Hij schaamt zich een beetje dat hij het feestje is vergeten. Terwijl Anders zijn gordel omdoet, leunt Danne met zijn ellebogen door het open raam.

'Doe Elfie de groeten,' zegt hij, terwijl hij zijn mond tuit tot een kus.

'We gaan,' zegt papa.

Het is heel eind rijden naar Elfies zomerhuis. Eerst over een stuk snelweg, dan over een provinciale weg en ten slotte over een smalle weg door een bos waaraan geen einde lijkt te komen. Na iedere bocht verwacht Anders dat ze er zullen zijn, maar dat is niet zo. Zo af en toe ligt er een huis langs het weggetje, maar meestal is het alleen bos. Het is zo eentonig dat Anders in slaap valt.

Met een schok wordt hij wakker, wanneer de auto een nog kleiner weggetje inslaat. Een smal grindweggetje met in het midden een strookje gras. De auto hobbelt voort over boomwortels en stenen.

'Langs het strandje en dan het eerste rode huis,' zegt papa tegen mama.

Hij heeft van Elfies moeder een briefje gekregen met de routebeschrijving erop.

Anders wrijft in zijn ogen. Hij is warm en moe. Niet blij en opgewekt, zoals je eigenlijk zou moeten zijn wanneer je naar een feestje gaat.

Dan denkt hij er ineens aan.

Het cadeautje!

Het verjaardagscadeautje voor Elfie dat hij in Griekenland heeft gekocht. Het zilveren ringetje met een dolfijntje erop.

Het ligt nog op het nachtkastje in zijn kamer. Tenzij mama eraan gedacht heeft om het mee te nemen.

'Mama?'

'Ja?'

'Heb jij het cadeautje bij je?'

Mama gaat boven op de remmen staan en draait zich om in haar stoel. Ze kijkt verschrikt.

'Heb jij dat niet?'

'Nee.'

Mama zucht.

'Ik heb er ook niet aan gedacht. Helaas, niets aan te

doen. Geef het maar de volgende keer dat je haar ziet. Of stuur het op per post.'

Vandaag gaat alles fout, denkt Anders. Het zijn niet alleen de kleren die niet geschikt zijn voor een feestje en het cadeautje dat nog thuis ligt. Ook vanbinnen voelt het fout aan.

Hij zou willen dat ze konden omkeren om weer naar huis te rijden.

Elfie zit aan de tuintafel en pakt cadeautjes uit. Iedereen is er al: Emilie en Erik, Niklas en Rasmus, Sofia en Peter. En Elin natuurlijk.

Iedereen, behalve Anders. Maar hij zal zo wel komen. Ze hoopt dat hij het witte overhemd van de laatste schooldag aanheeft.

Zelf draagt ze haar mooiste jurk. Linksboven, precies boven haar hart, heeft ze de vlinderbroche opgespeld. Als Anders die ziet, begrijpt hij vast dat ze nog steeds van hem houdt.

Nog voordat ze de rode auto kan zien, hoort Elfie het gebrom van de motor al. Heel even is de auto te zien tussen de rietpluimen bij het strandje. Dan verdwijnt hij voor ongeveer een halve minuut om ten slotte op hun oprit weer op te duiken.

Naast hun eigen zwarte Volvo ziet de auto er klein en nogal krakkemikkig uit. De motor slaat af en Anders' ouders stappen uit. Mama en papa haasten zich om hen te begroeten.

Nu gaat de achterdeur open.

Daar staat hij.

Hij heeft een korte broek en een T-shirt aan. Niet het witte overhemd.

Het krullende donkere haar is iets langer dan normaal. Zijn bruine huid is misschien net iets donkerder dan anders. Elfie weet het niet zeker.

Ze zou willen opstaan van tafel en naar hem toe willen rennen. Maar ze durft niet. Iedereen kijkt naar de vreemde jongen. Emilie kijkt Elfie aan en glimlacht even. Zij is de enige die weet dat Elfie verliefd op hem is. Tegen de anderen heeft ze alleen gezegd dat er een klasgenoot van haar op bezoek kwam.

Zolang de volwassenen praten, blijft Anders bij de auto staan.

'Elfie,' roept mama. 'Kom je gasten eens gedag zeggen!'

Elfie komt overeind en loopt langzaam naar de auto.

'Hallo,' zegt ze.

'Hallo,' zegt Anders. 'Uh… ik ben je cadeautje vergeten. Dat krijg je later.'

Zijn stem klinkt dik.

'Van harte gefeliciteerd,' zegt Anders' moeder terwijl ze Elfie omhelst.

'Happy birthday to you, happy…' zingt Anders' vader. Hij zingt zo vals als wat.

Mama nodigt Anders' ouders uit voor een kop koffie en taart, maar ze willen niet blijven. Ze zeggen dat ze naar een glasblazerij willen en daarna een hapje gaan eten. Om zes uur komen ze Anders ophalen.

Anders ziet hoe de auto achteruit de afrit afrijdt en behoedzaam het grindpad opdraait. Nu zit papa achter het stuur. Mama draait zich om en zwaait naar hem. Anders zwaait terug. Dan verdwijnt de auto achter de elzenbosjes langs het meer.

Elfie draagt de vlinderbroche. Hij steekt knalblauw af tegen haar lichtblauwe jurk. De kleur is te fel, vindt Anders ineens. Het doet pijn aan zijn ogen.

Rond de tuintafel zitten zeven kinderen. Hij herkent alleen Elfies oudere zusje.

'Stel Anders maar aan de andere kinderen voor,' zegt Elfies vader.

Anders loopt met Elfie naar de tafel.

Het meisje met het korte haar dat er zo jongensach-
tig uitziet, heet Emilie. Ze is het nichtje van Elfie. Ze
zijn even oud, maar verschillen totaal. Erik is de
oudere broer van Emilie. Hij is ongeveer twaalf, schat
Anders. Hij ziet er vrij stoer uit.

De andere twee jongens, een grote en een kleine,
heten Niklas en Rasmus. Sofia en Petra zijn zusjes.
Sofia is tamelijk groot en zit waarschijnlijk in groep
zeven. Petra is de jongste, zo'n jaar of zes, zeven.

'Ben jij het vriendje van Elfie?' vraagt Petra, wanneer
Anders bij hen aan tafel zit.

Sofia en Emilie giechelen. Elfie bloost.

'Sstt, Petra!' zegt Sofia. 'Zoiets vraag je niet.'

Maar je hoort aan haar stem dat ze het niet meent.

'Ben je dat?' zeurt Petra door.

Ze heeft nieuwe voortanden die veel te groot lijken
voor haar gezichtje.

Hou je kop, kind, denkt Anders. Maar hij zegt het niet.

Gelukkig komt Elfies moeder met het eten. Petra
zwijgt, maar blijft Anders aankijken alsof hij iets
raars heeft.

'Welke sporten doe je?' vraagt Erik.

'Voetballen,' zegt Anders. 'En basketbal.'

'We kunnen straks gaan voetballen,' zegt Erik. 'Bij het strandje is een grasveld.'

'Goed,' zegt Anders.

Hij ziet dat Elfies gezicht heel even betrekt. Zoals de zon die even achter de wolken verdwijnt. Maar dat kan hem geen klap schelen.

Voetballen kun je met iedereen. Daar hoef je elkaar niet voor te kennen.

Het is het meest mislukte feestje dat Elfie ooit heeft meegemaakt. Alles gaat verkeerd.

Ze waren nog maar net klaar met eten of Erik en Niklas vertrokken al met Anders naar het voetbalveldje. Nu rennen ze achter de bal aan, roepen, geven passes en schieten. Ook Rasmus doet mee. En Emilie.

Vuile overlopers, denkt Elfie.

Zelf zit ze samen met Sofia en Petra op het dijkje bij het voetbalveld. Elin is thuisgebleven.

Petra blijft de hele tijd maar doorvragen over Anders. Is hij altijd zo bruin of is hij extra bruin in de zomer? Gaan Elfie en hij met elkaar? En hebben ze elkaar echt gezoend of alleen maar op de wang?

Elfie geeft geen antwoord op Petra's vragen. Op dit moment haat ze haar. En ook Sofia, die haar ogen ten hemel slaat en zegt dat alle jongens sukkels zijn, en of Elfie dat niet weet. En Emilie die zo'n plezier lijkt te hebben. En Erik die bedacht heeft dat ze zouden gaan voetballen. Niklas en Rasmus haat ze ook, allemaal in één moeite door.

Maar het meest haat ze Anders.

Ze hebben elkaar vijf weken niet gezien. En nu is hij dan hier, maar je moet niet denken dat hij is gekomen voor háár. Hij heeft niet eens de moeite genomen om zich netjes aan te kleden voor haar feestje. En hij heeft zijn cadeautje vergeten. Hij heeft nauwelijks een woord met haar gewisseld.

Nu rent hij achter de bal aan alsof zijn leven ervan afhangt.

Hij vindt me niet leuk meer, denkt Elfie. Dat is wel duidelijk.

Ze heeft een vreemd gevoel vanbinnen. Het is net of een paar onzichtbare handen in haar buik graaien en knijpen.

'Hij is anders wel anders, hè, die Anders van jou,' zegt Petra.

Sofia proest het uit.

Dan staat Elfie van het dijkje op.

'Hou je kop!' schreeuwt ze. 'Hou je kop, Petra! Ga

allemaal maar naar huis. Het feest is toch al afgelopen.'

Dan rent ze zo hard ze kan naar huis. Bij de voordeur botst ze bijna tegen Elin op.

Anders hoort Elfie schreeuwen en ziet haar naar huis rennen. Hij weet dat het zijn schuld is, dat hij degene is die haar verdrietig heeft gemaakt. Hij schaamt zich, maar tegelijkertijd is hij boos op haar omdat zij er de schuld van is dat hij zich voor de anderen schaamt.

'Meiden,' zegt Erik. 'Die zijn niet goed snik. Kom, we spelen nog even door. Dan gaan we daarna naar ons huis.'

'Je bent zelf niet goed snik!' scheldt Emilie tegen haar grote broer. 'Snap je dan niet dat Elfie verdrietig is? Het is háár verjaardag! We moeten naar haar toe en met haar praten, dat snappen jullie toch wel!'

Anders loopt samen met Emilie en de jongens naar Elfies huis. Sofia en Petra willen niet mee.

'Ze zei "hou je kop" tegen me,' zegt Petra. 'Dat mag je toch niet zeggen?'

'Nee,' vindt Sofia. 'Wij hebben haar niks misdaan,

helemaal niks. Maar ze is de hele tijd boos om niets. We gaan naar huis.'

Elfie is nergens bij het huis te bekennen. Maar Elin wacht hen op in de tuin. Ze kijkt boos.

'Waar is Elfie?' vraagt Emilie.

'Op haar kamer,' zegt Elin.

Emilie doet een stap in de richting van het huis, maar Elin verspert haar de weg. Haar ogen flitsen van woede. 'Ze wil jullie niet meer zien,' zegt ze. 'Het feest is over.'

'Maar...' probeert Emilie.

'Ga maar naar huis,' zegt Elin. 'Het feest is over, heb ik toch gezegd.'

Anders kijkt naar de twee meisjes die recht tegenover elkaar staan. Hij begrijpt niet goed wat er aan de hand is, maar hij ziet dat er een soort strijd wordt uitgevochten. Een stille strijd tussen twee paar ogen.

Rasmus verbreekt de stilte. Hij heeft de taart op de tuintafel ontdekt.

'En de taart dan,' zegt hij op klagende toon. 'Krijgen we geen taart?'

Dan komt Elin tot leven. Ze pakt de schaal met taart

en schreeuwt naar de jongens die pal achter Emilie staan: 'Willen jullie taart, stomme voetbaljochies? Alsjeblieft, dan krijg je hem!'

De taart treft Anders. Niet midden in zijn gezicht, zoals in een film, maar in zijn buik. Zijn T-shirt is helemaal kleverig van de slagroom en de jam.

Elfie ligt in haar kamer op bed. Ze heeft Anders' ansichtkaarten en het papier met de streepjes van de muur gerukt en in duizend kleine stukjes verscheurd. Haar gezicht is vlekkerig van het huilen. Ze hoort de stemmen in de tuin maar neemt niet de moeite om uit het raam te kijken. Het kan haar allemaal niets meer schelen.

Wanneer Anders' vader en moeder hem komen halen, zit hij samen met Erik en Niklas bij de oprit naar Elfies huis. Hij heeft een veel te groot T-shirt van Erik aan.

'Wat is er gebeurd?' vraagt mama. 'Is het feestje al afgelopen? Waar is Elfie?'

Anders geeft geen antwoord.

Papa staat op het punt om iets te zeggen, maar houdt zijn mond als hij Anders' blik ziet.

Elfies moeder komt naar de auto toe en zegt wat

tegen zijn vader en moeder. Ze lopen een eindje weg en beginnen zachtjes en bezorgd met elkaar te praten.

Anders wil niet horen wat ze zeggen. Hij maakt aanstalten om zijn T-shirt uit te trekken.

'Laat maar,' zegt Erik. 'Het is me toch te klein. Je mag het houden.'

'Bedankt,' zegt Anders. 'Dag.'

Hij zou nog wel iets meer willen zeggen, maar hij weet niet wat.

Elfie hoort de auto aankomen. Op haar tenen sluipt ze naar het raam. Ze ziet dat Anders in de auto gaat zitten. Ze ziet dat de auto achteruit de oprit afrijdt en in de richting van het strandje verdwijnt.

Hij is weg. Het is over.

De rest van de middag heeft ze op bed liggen huilen. Ze hoopte dat er op de deur geklopt zou worden en dat Anders daar zou staan. Alleen hij, niet de anderen. Toen mama en papa binnen wilden komen, had ze geschreeuwd dat ze moesten verdwijnen. En tegen Elin had ze gezegd dat ze niemand wilde zien.

Maar Anders had moeten begrijpen dat dat niet voor hem gold. Dat hij de enige was die ze wilde zien. Nou is het te laat.

Anders heeft hoofdpijn. Hij zou eigenlijk zijn spullen voor het voetbalkamp moeten pakken, maar hij heeft geen zin. Niet om te pakken en niet om te gaan. Hij heeft het gevoel of er iemand is doodgegaan. Hoppie of zo.

Hij herinnert zich hoe Elfie er die ene keer op de schooltrap uitzag, op Valentijnsdag. Hoe ze eruitzag toen ze de vlinderbroche kreeg, en toen Hoppie ervandoor was gegaan. Hij herinnert zich haar zachte haren en de smaak van haar lippen.

Alles herinnert hij zich.

Nu, nu het te laat is.

Hier zit Elfie.

Op het kastje naast haar bed ligt de draagbare telefoon. Die heeft ze uit de keuken gepakt. Ze heeft gewacht tot mama en papa een avondwandelingetje gingen maken en Elin was vertrokken naar het schuurtje, waar zij slaapt. Ze wil nog steeds met niemand praten.

Behalve met Anders.

Als hij belt.

Daar zit Anders in zijn kamer op de vloer. Naast hem staat een halfgepakte tas met sportkleren die hij schots en scheef in de tas heeft gepropt. Hij heeft Hoppie op zijn schoot. Eigenlijk mag Hoppie niet in zijn kamer, maar vanavond zei mama er niets van, toen hij haar in de keuken kwam halen.

In de gang naast Anders' kamer hangt een telefoon. Anders laat de deur openstaan. Voor het geval ze belt.

Hier zit Elfie. Ze neemt de telefoon in haar hand. Drukt op wat cijfers, eerst het netnummer, dan het abonneenummer. Daarna drukt ze op de beltoets en wacht.

Daar zit Anders. Nu komt hij overeind en loopt naar de gang. Hij neemt de hoorn van de haak, draait Elfies nummer en wacht.

Een telefoon rinkelt.
'Hallo?'
'Hallo?'
'Elfie?'
'Anders?'

Hier is Elfie en hier is Anders. Hier is alles wat ze aan elkaar willen vertellen, en de ademhaling die ze door de telefoon van elkaar horen, wanneer ze zwijgen. Hier zijn alle tranen, alle lachbuien en alles wat ze met elkaar hebben meegemaakt. Hier is het rode hart dat Elfie aan Anders gaf en de blauwe vlinder die ze van hem kreeg.

De volgende ochtend belt Anders' moeder het voetbalkamp op en zegt dat Anders ziek is. Daarna rijdt
ze Anders het hele eind naar Elfies zomerhuis terug,
ook al verklaart Anders' vader haar voor gek. En ze
krijgen ook al geen geld terug van het kamp, zegt hij.
Maar Anders' moeder vindt dat liefde belangrijker is
dan voetbal en geld.

Hier zijn Elfie en Anders.
Samen.